偶然の誘い

杉山 実
sugiyama minoru

ブックウェイ

偶然の誘い　◎目次

一話　過去の誘い

二〇一七年現在、地球上には推定人口七十四億人が暮らしている。

その中で一人の人間は一生の内いったい何人の人と話しをするのだろう？

文明が発達して生活範囲が広まったとはいえ、話しをする相手はそう多くはない。

「おはよう」の一言でも中々会話する相手は少ないと感じる。

そんな中での恋愛、結婚、憎悪、離婚も数々の偶然が引き起こす産物なのかも知れない。


「怪我人は直ぐに救急車に乗せて運べ！　軽傷な人でも高齢者は、病院に運んで下さい！」大きな声で指揮をする仙台県警の交通課の警官。

「班長！　重傷者の運び先は近くの県立総合病院で宜しいでしょうか？」

「重傷者は何名程だ！　救急車が足りないのでピストン輸送で運び、比較的軽傷者は茂木総合病院に運べ」

東北自動車道の上り車線鶴巣パーキングの手前で事故が起きた。

反対車線で逆走事故があり、それを脇見した車が追突事故を起こした。さらにそれを避けようとした大型バスが路肩に衝突したのだ。バスのエンジンからは白い煙が上がっていた。

観光バスのフロントガラスには、「東北名所巡りの旅、平泉、奥州」と書かれたステッカーが貼ってある。

このツアーは浄土の風薫る平泉・一関・奥州の旅である。

世界遺産の平泉と迫力の渓谷美、見る者を圧倒する平安美術を鑑賞。二〇一一年に世界遺産登録された平泉は、中尊寺や毛越寺をはじめとする仏教寺院や浄土庭園など、平安時代末期に奥州藤原氏が築いた華麗な黄金文化の遺跡が現存している。一関では、四季折々に変化に富んだ景観、風情を楽しむことができる厳美渓、猊鼻渓の二大渓谷は必見！　初代清衡公の生誕の地である奥州市のテーマパーク「えさし藤原の郷」は、平安時代の街並みを再現。

昨年定年退職した結城俊郎は、一人でこのツアーに参加していた。

俊郎は定年になって時間に余裕ができれば、昔旅をした場所を順番に訪れてみようと予てから思っていた。そして定年になって最初の訪問地に選んだのがこの二泊三日の旅だった。

俊郎がこのツアーを選んだのは、東北の震災の前に美羽と来た懐かしい思い出の場所だったからだ。

このツアーは、福島の原発事故の影響で一時期は参加者が減ったが、最近は関西からの参加者が増え盛況を取り戻していた。

俊郎は、妻と二人の子供を十年前に交通事故で亡くしていた。

妻が子供達を連れて実家に遊びに行った時、義父が運転する車で観光地に連れて行ってもらったが、その帰りに大型トラックと激突してしまったのだ。渋滞に巻き込まれて深夜遅くなった父は急いでいたと思われる。トラックと衝突事故を起こしたのだ。

事故の原因は、トラック側の主張の通り義父の信号無視となった。

加害者側と言へども、俊郎はこの事故で一瞬にして家族全員を失ったのだった。

その後の数ヶ月間、失意に底にいた俊郎だったが、友達の誘いで東京に行ったときに偶然知り合ったのが松藤美羽と言う若い女性であった。

美羽は東京に住む二十代の女性である。五十代後半の俊郎とは随分と年齢差があり、住むところも遠く離れていたが、話も合い相性が良かったので、一緒に全国各地を旅する仲になっていった。

失意の底にいた俊郎には、若くて明るい美羽の存在は元気の源となった。

一緒に旅行した場所で俊郎が一番気に入ったのが、この奥州の旅だった。

生前一度は行きたいと妻も言ったことがあり、それでは定年になって時間が取れるようになったら二人で行こうと話していた場所でもある。

その奥州の旅に同行したのが妻ではなく美羽ではあったが、妻との思いも重なり俊郎には感無量の旅であった。

しかし、松藤美羽は数年前に突然俊郎の前から煙のように消えてしまい、再び俊郎は一人ぼっちの寂しい日々となったのである。風の噂で美羽は結婚したと聞いた。振られたとは言え、長い間付き合ってくれたのだからお祝いをしてあげたい気持であった。

定年退職した俊郎は、現在地元のシルバー人材センターの紹介で、公園の清掃作業に週三日行っている。


最初の旅行で事故に遭遇するとはつくづく運が悪いものだと思いながら、俊郎はバス後方の座席で救出を待っていた。

救急隊員が俊郎に「意識はしっかりされていますね、何処か痛いところはありませんか？」と尋ねた。

「幸い、身体の節々が痛い程度です」と答えると「もう一度、救急車が戻りますので、それに乗って茂木総合病院に行き、そこで検査を受けて下さい。今は気が動転していますから、自分では気づかない怪我の場合もありますので、精密検査を必ず受けて下さい」と救急隊員が俊郎に言って、前方の座席で比較的綺麗な場所に俊郎を移動させた。

四十人程のツアー客の大半は二人か三人連れで参加しており、俊郎の様な一人での参加は他にはいなかった。

「お父さん、お連れは?」と地元の警察官が尋ねる。

「私は一人だ!」と答えると「大怪我で無くてよかったですね」と言われた。

連れの人が怪我をして、付き添いとして病院に同行する人も多かった。


比較的元気な客二人と俊郎を乗せた救急車は、茂木総合病院に向けて走り始めた。

同乗した人から「帰りの事故でまだ良かったですね、往きだったら何も見学せず終わりでしたから最悪でしたね」と話し掛けられたが、そう大差は無いと思う俊郎は冷めた笑顔を返した。

家族がいたら、今頃「無事だから心配しないで」と連絡しているだろう。

俊郎には自分を待つ家族はいないので、土産を買う必要もなく、小さなバックを一つ手に持っているだけだ。

バスの中に置き去りになった荷物を心配する同乗者の話を聞きながら、救急車は仙台市内に入って行った。

茂木総合病院は比較的大きな病院だった。救急車が停車すると、玄関前には看護師が数人待機していた。

既に何台かの救急車が到着していた。

「軽傷と思われる方三名です、これで搬送は終了です」と救急隊員が病院の関係者に告げた。

後部扉が開かれ三人が次々と自力で救急車を降りると「精密検査を行いますから、付いてきて下さい」と少し年配の看護師に誘導された。

病院に入ると、二人の看護師が前方から駆け寄って来た。

その時俊郎は「あっ！」と声を発した。俊郎の目に飛び込んだのは、熱海駅のホームを最後に分かれた美羽の姿だった。

二話　蘇る過去

人は不思議なもので、そこに知り合いがいると判っていれば直ぐに脳が反応をするが、思わぬ場所で会うと脳は全く関知しない。

美羽は俊郎を見ても、何の反応も示さなかった。

一方の俊郎は、美羽と別れてからも絶えず思いを持っていたから、別れてから三年以上経過した今でも鮮明に覚えていた。

俊郎は、美羽の幻を見ているのだろう？　幻覚を見る様になってしまったのではないかとも思った。

事故の影響で、願望が姿になって表れたのではないかと美羽の姿をぼんやりと見ていた。

慌ただしく、美羽は他の患者を連れて処置室に消えると、俊郎の処には少し年配の看護師がやって来て「見た感じ大丈夫の様に見えますが、一応検査をしておきましょう」と俊郎に言った。看護師の名札を見ると清水と書かれていた。

俊郎は思わず「先程の看護師さん、松藤さんでしたか？」と清水看護師に尋ねると「松藤さんでは無いわよ、知り合いに似ていたの？　美人さんでしょう？」そう言って微笑んだ。

「は、違いましたか？」

「駄目ですよ、彼女は奥さんで子供さんもいるのよ」と清水看護師は微笑んで言った。

「そうなのですか？　お名前は？」

「どうして尋ねるのですか？」看護師は執拗に気にする俊郎を見て不思議そうに尋ねた。

「昔の知り合いに似ていましたので気になって」と言うと「あっそうか、おじさんの昔の彼女に似ていたの？　三十年前の彼女に似ていたのね」そう言って再び微笑んだ。

俊郎の若かりし頃の彼女に似ていたのだと清水は誤解をしているようだった。

「まあ、そんな感じです」

「やはりそうなの、彼女黄さんって言うのよ！」

「黄さん？」と不思議そうに尋ねると「ご主人は外国人で結婚して苗字が黄となったのよ」

「外国の方と結婚されたのですか？」

「国際結婚って言うのよね！　私には無理だけどね、若い人は進んでいるわね」

「黄さんは、もうここの病院長いのですか？」

「いいえ、ここで勤め始めたのが半年くらい前よ」

「その前はどちらにいたかご存じないですか？」

「確か、東京で看護師をしていたと聞いたわ、結婚を機に仙台の実家に戻って来たみたい」

それだけ聞いた時に俊郎は検査室に着いた。

順番待ちの札を渡されると、長椅子に腰を下ろした。

俊郎は携帯電話の中に収められている美羽の写真を出して、ゆっくりと眺め始めた。

画面の中には十年程前からの写真がぎっしりと並んでいた。

先程の黄と言う看護師の顔を思い出しながら、自分の携帯に現れた美羽の写真を見て、他人の空似ってあるのだなと思った。

俊郎はあらためて松藤美羽の事は殆ど知らなかったのだと思った。東京に住んで看護師をしている事と、田舎には弟と両親が住んでいて、水泳で優秀な賞を貰ったことしか聞いていない。田舎は何処だったのだろう？　それ程詳しく聞かなかったし、美羽も語らなかった。

唯一、弟が水泳で優勝してメダルを獲った事は余程嬉しかったのか？　私に嬉しそうに話した事があった。

彼女が美羽なら、もしかしたら弟の事はこの病院でも話しているかも知れないと俊郎は思った。

その様な事を色々と考えていると「結城さん、中にお入り下さい」と清水看護師がやって来た。

「先程の黄さんのことですが？」と尋ねると「余程気になるのね、男の人ってロマンチストだから、何年経過しても昔の恋人は思い出すのね！　はい何ですか？」と優しく尋ねた。

「弟さん、水泳の選手で有名な方ですか？」俊郎の言葉に「弟さんは、身体障害者だったと思うわ、その為に彼女地元に帰ってきて働いている筈よ」と暗い表情で話した。

「身体障害者ですか？」俊郎は期待とは違う答えに落胆した。

「それも精神薄弱って聞いたわ、旦那さんの黄さんはそれを承知で結婚されて、美羽さんの地元に来られた様ですよ。外国の方でも心が優しくて良い人もいらっしゃいますね」

その言葉に自分の淡い期待は一気に吹き飛んで、俊郎はやはり他人の空似だったのかと思いながら、検査室に消えていった。

幸い俊郎には異常が無かったが、看護師の清水が「検査には出ない後遺症もありますから、何か身体に変化があれば連絡をして下さい」と連絡先を書いたメモをくれた。

その日の夜遅くなったが、宿泊先の旅館に観光会社の人に送られて帰った。

結局、美羽に似た看護師にはその日は再び会う事ができなかったのだ。

ツアー客の半数の人は旅館に戻れず、そのまま病院に入院となっていた。

俊郎がこの旅行で仲良くなった大木さん夫婦が戻っていない事を知ったのは、翌朝の朝食バイキングの時だった。

一人旅の私に「奥様も子供さんも同時に失われたの？　気の毒ですね」と身の上話に涙を流して聞いてくれた夫婦だった。

バスの席は予め決まっていたので、大木さん夫婦が前方の席に座っていたのは知っていたが、この事故で入院になるような怪我をしていたとは今朝まで知らなかった俊郎だった。

朝から事故に遭ったツアー客の家族らが次々に旅館に到着して来た。関西からもそれぞれの家族が迎えに訪れていた。

俊郎には連絡する家族もいないし、知り合いで自分の事故を知っている人は誰もいない。

大木夫婦の娘さんが孫を連れて旅館に到着した。すぐに旅行社の人に、両親の容体を聞いていたが、それを傍らで耳にした俊郎は、かなり悪いことを知った。娘さんは早速病院に向かうバスに乗り込んだ。

大木夫婦の事が気になった俊郎は、そのバスに一緒に乗り込む事にしたが、もう一度美羽に似た看護師に会いたい気持ちもあった。

俊郎は、娘さんの近くに座って簡単に自己紹介をすると「父の容体が悪いのです、母は大腿骨骨折ですが、父は意識不明なのです」と娘さんは深刻そうに言った。

自分は怪我一つ無く無事なのに、少し前方の座席にいただけで大怪我になった事に言葉も無かった。

病院に到着すると、真っ先に娘さん達と一緒に大木夫婦の病室に向かった。母親には面会が出来たが、父親には面会が出来なかったので娘さんはとても嘆いた。

茂木総合病院だと思ってやって来た俊郎は、着いたところが県立病院だったので美羽に似た看護師に会えないのは残念だったが、知り合いが生きるか死ぬかの時に、女性の事を考えていた自分を思うと恥ずかしい気になった。

三話　キャバ嬢

結局、奥さんの大木千代さんだけのお見舞いを済まして病院を後にした俊郎は、旅行社の用意した切符で、夕方の新幹線に乗って関西の自宅へ向かった。

新幹線のグリーン席を折角用意してくれてはいたが、誰一人知り合いも無く居眠りをするだけだ。

時々目が覚めると美羽の面影を思い出しては、携帯の写真を取り出して眺めていた。

東京から東海道新幹線に乗り継ぐ長旅で、自宅に戻った時は夜の十二時を過ぎていた。

誰もいない自宅では、土産と言う土産も無いが、牛タンの包みと饅頭の箱がある。それは公園の掃除で一緒になる仲間への土産だった。

仏壇の遺影に向かって手を合わせると、妻と二人の子供を思い出し寂しさだけがこみ上げて来るのだった。

翌日、意外な人からの電話があり、驚いた表情に変わった俊郎。

それは、仙台の茂木総合病院の清水看護師だった。驚いて「何か？　ありましたか？」と尋ねると「結城さんの彼女って美羽って言う方ですか？」と言われた。

美羽と言う名前が心に飛び込んできたのだ。

「何故？　それをご存じなのですか？」耳を疑いながら尋ねる俊郎に「黄さんの下の名前が美羽さんって言うのよ、それと弟さんが水泳の選手だったのよ！」

「身体障害者だったのでは？」

「違うの、障害者の部門の選手だったのよ」

「えー、本当ですか？」

「結城さんと知り合いだったのは最近の事だったのですね、私は昔の恋人が黄さんに似ていると思っていました」と変に嬉しそうに話す清水。

「本人にはまだ何も話してはいませんからね、判ったのであなたに連絡しただけですよ！　懐かしいでしょう？」と嬉しそうに付け加えて電話が終わった。

俊郎はいきなり教えられて動揺したが、茂木総合病院で働いているのが松藤美羽に間違いなかった事がとても嬉しかった。

夫も子供もいる美羽に今更会いに行っても、何も始まらないのだと俊郎は自分に言い聞かせたが、清水さんの電話で美羽だったと判ってからは、ただ懐かしいという想いだけが心を包み込む日々が始まったのは事実だった。

その三日後に意外な事が起こった。

入院中の大木千代さんから電話があり、主人があの事故で亡くなってしまったので、旅行会社を相手取り補償の裁判を起こしたいので手伝ってほしいと突然伝えてきたのだ。

千代は、俊郎が昔裁判所の職員だった事を聞いていたので、俊郎に裁判について詳しく相談したいのと、また地元のバス会社、旅行社等を回って色々な調査と裁判用の資料を集める仕事を頼みたいとの事だった。

俊郎は弁護士でも、裁判官でも無いのでと一旦は断ったが、千代は自分が骨折で三ヶ月は動けなく、小さな会社の経営の事もあるのでどうしてもと懇願された。

千代は、多少でも裁判の知識がある人なら、その関係の知り合いもいるだろうとの思いから俊郎に執拗にお願いするのだった。

仕方なく受けることにした俊郎は、門前の小僧習わぬ経を読む気分で、大木さんにしゃべった事を後悔したが、反面再び仙台に行く事が出来れば再び美羽に会えるかもしれないとの期待も芽生えて来たのだ。

美羽に会ったところで何をするわけでも無いが、もし会えたなら、結婚の祝いになるのか出産祝いになるのかわからないが、何かをプレゼントしようと思い始めていた。

そこで直ぐにお祝いの品を見に行った俊郎は、既に美羽に会っているような楽しい気持ちになっていた。

もう十年以上前のことである。

妻と子供の葬儀の際に親身になって手伝ってくれた真鍋徹と言う友人がいた。

その後真鍋は東京に転勤になってしまい、しばらく疎遠になっていたのだが、ある時突然連絡があった。

「落ち込んでいるなら、一度東京に遊びに来れば良い、気分も変わるよ！」と言われた俊郎は二つ返事でその言葉に乗って東京へ行った。その時は本当に落ち込んでいたのだった。

誘われるまま、休暇を貰って東京に行き、一週間ほど真鍋の元に転がり込んだ。そんな中真鍋から五反田のキャバクラに行こうと誘われた。

俊郎はあまり乗り気では無かったが、妻と子供を失った寂しさを忘れるには、若い女性と遊ぶのが一番だと言われてしぶしぶついて行った。

スナックで飲む事は良くあるが、キャバクラの様なところで遊ぶ事は初めての経験だった。

真鍋も妻と離婚して一人の生活で退屈していたのと、東京に友人がいなかったのが俊郎を誘った起因だった。

そのキャバクラで俊郎に付いたのが美羽だった。

「いらっしゃい、夏子って言うのよ！　よろしくね！」と笑顔で横に座った。

俊郎は「流石に東京だな。可愛い子がいるな！」というのが美羽を最初に見た印象だった。

真鍋の横の女性は、濃い化粧に茶髪で俊郎の嫌いなタイプの女性だったが、美羽は黒髪に薄化粧、キャバクラには似合わない感じがあり俊郎は気に入ったのだった。

自分の子供くらいに歳が違う夏子に「おじ様は関西の方ね」と言われた俊郎は「判りましたか？」と笑顔で答えると「関西の言葉そのままだから、直ぐに判るわ」と夏子が嬉しそうに微笑んだ。

会話が少し弾んできたところで、黒服の店員がやって来て「夏子さん、交代です」と夏子に告げた。

俊郎は驚いて「今、やっと話に慣れたのに」と夏子に言うと「キャバクラは、指名をしなければ十分か十五分で交代なのよ！　ごめんね」と申し訳なさそうに答えて席を立った。

慌てて俊郎が黒服を呼ぶと、それを見た真鍋が「どうしたのだよ、直ぐに違う女の子が来るよ」と教えたが、それに構わず俊郎は店員に「先程の子、指名するから呼び戻して！」と告げた。

しばらくすると夏子戻って来て「おじ様！　ありがとう」と嬉しそうに言うと、俊郎の横に再び座った。

通常はお客についている時に延長の指名を受けるので、一度席を離れて指名が無いとあきらめていただけに、夏子はすごく嬉しかったのだ。

真鍋に付いた女性は直ぐに交代すると、次には全く違う雰囲気の女性が付いたが、真鍋はすぐに打ち解けてその娘と話し始めた。それを見た俊郎は、真鍋はよほどキャバクラに慣れているのだろうと思った。

「おじ様、関西は何処なの？」夏子が尋ねるので「姫路だよ！」と答えると「お城は綺麗にする為の工事中なので、今は普段は見る事が出来ない場所から見られるようになっているのでしょう？」と夏子が尋ねた。

俊郎は「よく知っていますね、地元の私も知らないのに」と答えた。

「実は友人と行こうかと相談していたのよ、おじ様案内して下さる？」

指名を貰ったお愛想で言っていると思っている俊郎は微笑みながら「アドレスか電話番号教えて貰えば案内しますよ」と答えた。

「ほんとう！　嬉しいわ」夏子は直ぐに自分の携帯の番号とアドレスを、テーブルの上のメモ用紙に書き始めた。

「本当に今夜初めて会った男に番号を教えるのか？」と不思議そうな顔をしている俊郎に気づくと「おじ様、私誰にでも教えないのよ、誤解しないでね」と微笑んでメモを手渡した。

四話　姫路城

夏子はキャバクラのバイトはまだ二日目で、俊郎が初めての指名客だった。

夏子は元々茶髪に染めていたが、この春から看護師として働き始めたので黒に染め直し、そのままにしていたのだった。

たまたま美容院に行くお金が無かったので茶色に染められなかったのだが、その黒髪が俊郎に気に入られるとは偶然が偶然を呼んだ感じで、しかも俊郎と巡り逢ってお互いに好意まで持ったのだから不思議な偶然だ。

黒髪で無かったら俊郎は多分、夏子を指名しなかっただろう?

指名しなければ、アドレスとか電話番号も教えなかっただろう?

夏子がお城に興味があり、解体中の姫路城を見学したいと思っていたのも偶然だ。

夏子、本名松藤美羽は、田舎から東京に出て来て一人暮らしをしながら看護学校に通った。卒業後は現在の病院に就職したが、生活費、引っ越し等にお金が必要になり、やむなく夜勤明けにキャバクラで働いていたのだ。

俊郎は「私は、今は一人者で休日は暇だから、案内はお安いご用だよ!」と微笑みながら話すと、横から真鍋が「この親父、大きな家に一人で住んでいるから、友人と二人なら泊めて貰えばいいよ！　宿泊費助かるよ！」と冗談とも、本気とも思える事を言った。

そこに真鍋に付いていた女性に代わって、先程の茶髪の子に負けない程派手な三人目の女性が来て、横に座った。

「おじ様は、一人暮らしなの？」夏子は怪訝な顔で尋ねる。

「そうだよ、それも最近そうなった」と何かを思い詰める様に俊郎は言った。

「離婚して、奥様が子供さんを連れて出て行った！」と夏子は図星でしょう？　と言わんばかりの表情を浮かべたが、俊郎が「離婚か！　それでも良かったよ！　何処かで生きているからな」と言って、グラスの酒を一気に飲み干したので夏子は驚いてしまった。

「おじ様、私何か悪い事言ったの？」俊郎の態度に急に不安になる夏子。

「何も無いよ」そう言うと俊郎はトイレに立ち上がる。

俊郎をトイレに案内して先に戻ってきた夏子に、真鍋が事故の事を教えると「えー、そんな！」と夏子は驚いた声を上げた。

それは夏子に俊郎がかわいそうに思えて、気遣う気持ちが芽生えた瞬間だった。

その翌日、美羽が俊郎に悪い事をしたと思って、メールを送った事が俊郎の気持ちを大きく動かし「姫路のお城に友人と一緒に来ませんか」との俊郎の誘いを生んだのだ。

元々休日は暇な俊郎にとっては、若い女性の来客は実は大歓迎なのだ。

美羽から、夏休みに友人の小島祐子と一緒に行くのでよろしくお願いしますと連絡があったのは、七月の始めだった。

看護師は交代で夏休みがあるので、小島祐子と一緒に休みを取り、姫路城を見学して鳥取の砂丘まで足を延ばしたいとのことだった。

小島祐子は一年先輩の看護師で、寮では隣の部屋という事もあり美羽を可愛がってくれていた。


姫路駅に車で迎えに行った俊郎は、予定より早く着いた。

美羽は美人なのでおそらく友人の小島と言う子も美人だろうなどと勝手な想像をして新幹線の改札口で二人を待っていた。

すると美羽が先に俊郎を見つけて大きく手を振って合図をしたので、それを見つけた俊郎は隣の女性に目をやった。

背が小さくて小太りの眼鏡をした女性の姿を発見した俊郎は、想像とは違った容姿に少しがっかりしたのだった。

「お世話になります」と小島祐子は丁寧に笑顔で挨拶をしてきたが、美羽の開口一番の言葉は「おじ様、遠いわね」だった。

大きな自宅に宿泊させてあげると約束していたので、車に二人を乗せると取り敢えず俊郎の自宅に向かった。

しばらくすると室内に汗臭い匂いが立ち込めて来た。バックミラーで後部座席を見ると小島の身体から汗が噴き出しているのが見えた。

後部座席に座った二人に、俊郎は「少し窓を開けるからね」と言った。

この様子について後日美羽は「祐子体臭凄かったでしょう？　夏は駄目なのよ！」と言って笑っていた。

しかし、この祐子さんのお陰で俊郎は美羽が大変気に入り、好意を持ち始めるのだから、何が幸いするか判らない。

俊郎の大きな田舎の家は、姫路から東へ向かい市川の橋を渡って直ぐのところにある。「昔は御着城が直ぐ近くに在ったらしい」と俊郎が説明すると「黒田官兵衛ね」と美羽が応えた。

「よく知っていますね」と俊郎が感心して褒めると「歴史とか城は大好きです。明日お城に行くのが楽しみです」と美羽が言うので、すごく期待をしていることが判った。

俊郎の家は昔の農家の造りで、広い庭があって横には蔵のような納屋が建っている。

「おじ様、蔵なの？」早速の質問に「蔵では無いよ、農機具を入れていた納屋だよ」と説明をしたが、農機具は親父が亡くなった時に売り払い今では畑も無いことも話した。

「何が入っているの？」

「物置代わりで、何もたいした物は無いよ」

自宅に入ると「広いわね」と開口一番小島が言う。

玄関の土間を入ると「私の実家も田舎だけれど、こんなに大きくないわ」と美羽が広い玄関の土間に驚く。

美羽の自宅にはこの様な土間も無いので珍しがったが、都会育ちの小島にはもっと見た事も無い家の造りだった。

「さあ、上がって、上がって」と居間に上がる様に言う。

「わぁー広い部屋」と小島が驚いた居間は十畳程の部屋であるが、俊郎がその奥の客間の襖を広げて「ここを使って下さい」と案内すると「この部屋も大きい！」と美羽はもっと驚いた。

居間と客間の外側には縁側があって、間の戸を開くとさらに部屋が大きく見える。

美羽はその後、二、三度この俊郎の自宅に宿泊する事になるのだが、後に美羽は部屋が広くて一人で眠るのが恐かったとその時の印象を話した。

二人が荷物を置くと俊郎が「近くの料理屋に行きますか？　男一人だから何も出来ないからね」と言うと、部屋の隅の仏壇を見つけた美羽は「ご家族の？」と尋ねるなり「お参りさせてください」と言って仏壇の前で手を合わせた。

この言葉は、俊郎が美羽を好きになる発端となった。

若い女の子が自分の家族の遺影に手を合わせてくれる姿に、俊郎は感動を覚えたのだ。

美羽は、真鍋から事故の事を聞いて同情していたので、仏壇に手を合わせたのだ。

その後の夕食で、お酒が入るとややぎこちなかった二人は打ち解けて話す様になった。

五話　歳の差

美羽は旅費の節約の為に、俊郎の自宅に転がり込んだのだが、俊郎の意外と優しい人柄を感じ始めると、翌日姫路城に向かう二人の姿はまるで親子の様な雰囲気に変わっていた。

平成の大改修工事で、姫路城の天守閣の四方は天守閣がすっぽり入る構造物が出来ており、そこから天守閣を間近に見学できるようになっている。普段では見られない上からの構図に驚きと興奮でシャッターを切る二人。

俊郎も長年この近くに住んでいたのだが、この様に姫路城を間近に見た事が無く、多分今後も見る事は無いだろうと思われる構図だった。

ここからは姫路の町並みも一望でき、夏の暑さを忘れる様な心地よい風が頬に当たる。

「明日の砂漠は暑いよ！　それでも行くのかい？」俊郎は鳥取砂丘に行くのは多少躊躇っていた。

夏の太陽の照り返しが、砂丘に当たり一層の熱風となって、身体を包む様な気がしたからだ。

しかし、その不安は的中することになるが、逆に美羽との仲が急速に接近してしまうことになったのだから、偶然は本当に恐ろしい。

翌日鳥取砂丘でラクダに乗って、大喜びする美羽と小島。

それを微笑ましく見ながらカメラのシャッターを切って見守る俊郎。

異変はその夜に起こった。

美羽が熱射病の様な症状になったので、慌てて俊郎は夜間救急病院に美羽を運んで行った。

翌日、小島祐子は今日の新幹線で帰らないと仕事に影響が出るので、美羽には申し訳ないけどと言って入院中の美羽を残して最終の新幹線で帰って行った。

祐子が勤め先の病院に美羽の症状を話して、美羽は二日の休暇を貰える事になった。

美羽は翌日退院したが、翌日からは俊郎の自宅で休養する事になった。

俊郎は美羽の世話を親身になって行い、美羽は俊郎に感謝する日々になった。

「おじ様、私何も御礼が出来ないわ、遊びに連れて行って貰って迷惑をかけてしまって申し訳ありません」そう言って最後の日に、抱きついて頬にキスをして帰って行ったのだ。

それが俊郎の気持ちに火を付けてしまった。

この日から毎日の様にメールの交換が頻繁になった二人。

年齢も考えないで、電話、メールで話をする二人。美羽は、病院の事や友達の事を直ぐに相談して俊郎の意見を聞く。

秋になって、京都観光に行く話が二人の中で纏まった時、美羽から「今度は私一人で行くけれど良いですか？」と突然言われた俊郎。

勿論それは男女の関係になると言う意味である。

それを機に五十代半ばの俊郎と二十歳過ぎの美羽はまるで親子のカップル誕生となったのだ。

若い肉体に年齢を忘れてしまう俊郎、その後は毎月の様に旅行に行くようになった。

費用は全て俊郎が負担するので、羽田から飛行機で関西に来る事も度々となった美羽は、話も身体も合うわと公然と俊郎に話すなど二人の関係は楽しく続いた。

俊郎は、子供と妻を亡くした寂しさを、完全に美羽によって癒やされ、定年まで楽しく仕事が出来たのだった。

ところが、そんな楽しい日々が数年続いたある日。伊豆半島の河津桜を見に行った帰りの熱海駅を最後に、美羽とは連絡が取れなくなったのだった。連絡が取れなくなってから、俊郎は何度も旅の過程を思いだして、何か変な事なかったか？　と再三考えたが、何も思い当たる事は浮かばなかったのだった。


数日後、飛行機で仙台空港に向かう俊郎。元来飛行機は苦手だったが、一人で東海道新幹線から東北新幹線に乗り継いで行く程の気力が無かったのだ。

俊郎は仙台の弁護士を紹介して貰い、病院に一緒に行く事にしていた。

昔の仲間を数人あたって、ようやく宮城の弁護士、須藤健三郎を紹介して貰ったのだった。

空港に出迎えに来てくれた須藤に挨拶をして、一緒に県立病院に向かう二人。

初めて会う須藤は俊郎よりも少し年上の六十六歳だったが、俊郎とは対照的に頭は禿げ上がって殆ど髪の毛が無いので、俊郎から見てもお爺さんに見えた。

俊郎は意外と若々しく見えて、美羽との旅行中も「それ程違和感が無いのよね」と言われていた。

俊郎は車の中で事故の顛末を、自分の事故当時の体験談も交えて説明した。

病院に着いた二人は大木千代に会うと、千代は、事故の事を俊郎たちに依頼ができれば、泰三が亡くなった事で、取引先との関係が早くもぎくしゃくしているので、一刻も早く大阪に帰りたいと説明した。葬儀も大阪で行うと言い、主人の亡骸は荼毘に付し遺骨のみを持ち帰ると俊郎達に話した。

中小企業の悲しさで、社長が健在の時は何事も無いのに、亡くなると急に険悪なムードになると嘆く千代。

娘婿が専務でいるが、泰三の傘の下にいる状態で、傘が無くなれば大変ですと話した。

事故の補償が会社の経営まで及んでいるので、須藤と俊郎に課せられた役割は大きかった。

翌日から、須藤は高齢とは思えない行動力で、事故の調査を始めた。

地理がよく判らない俊郎は事故の調査は須藤に任せて、別の目的の茂木総合病院に向かった。

松藤美羽に会う為だが、兎に角清水看護師に会って予備知識を聞いておこうと、病院の近くから電話をした。

「結城さん、我慢出来ずに来たのね！　美羽さんは休んでいるわよ、子供さんの調子が悪いとかで」

「お子さんはまだ小さいのでしょう?」

「一歳位だと思うわ、聞きたい事が沢山あるのでしょう?　私はもう直ぐ上がるから、お昼でもご馳走してよ!」と意味あり気に言う。

俊郎も何故あの時清水が嬉しそうに電話をかけてきたのか?　それも気になっていたので塩釜駅前で十二時半に待ち合わせる約束をした。

俊郎は先に着いて待っていると清水が自分より少し若い女性を連れてやって来た。

「ご無沙汰、遠くからご苦労様ですね」と嫌みの様な言い方に「実は旅行の事故の補償関係で頼まれたことがあり、仙台に来ることになったので」と弁解の様に答えた。

「こちら、私の知人の水田朋子さん」と清水が紹介した。

「看護婦さんですか?」俊郎が尋ねると「違うのよ、この近くの運送屋さんの事務員さん」と紹介をした。

「はい、初めまして」と会釈をした。

最初は昼飯を奢られに来るとは何と厚かましい女性だと俊郎は思っていたが、次の言葉で、この女性を連れて来た意味が判った。

「実は朋子の運送屋さんに、美羽さんの御主人が勤めているのよ」

「はー、でも美羽さんの御主人は存じませんが？」と不思議そうに言うと「御主人と朋子さん関係があるのです」と清水が話した。

「不倫！　ですか？」俊郎は呆気に取られてしまった。

六話　思惑

「不倫ならまだ良いのですが、美羽の旦那の黄博向は美羽さんが身重の時に朋子さんと関係を持ち、自分の子供が生まれると彼女を捨てたのです」

「悪い奴ですね！　でも私がその話を聞いても何も出来ませんが？」気の毒そうな顔で言う俊郎に、明子は「実は彼、不倫だけでは無い様なのです。過去に何か犯罪をしている様なのです。彼の子供を産んだ美羽さんが気の毒に思えて、結城さんと美羽さんが昔付き合われていたと聞いたのでお伝えに来ました。彼は台湾でかなりお金儲けをして結構な財産を持っていたと聞いていたのですが、今は無いそうです。仕事も中々見つからず、それで看護師と一緒になる事を考えた様です」と話した。

「付き合い始めたのは何年前ですか？」

「私ですか?」

「いいえ、美羽さんと彼です」

「多分五、六年前位だと思いますよ、その様な事を話していました。東京で知り合ったと思います」

五年前なら、自分と付き合っていた頃だと俊郎は遠い記憶を辿った。

食事をとりながら、朋子は黄が台湾で、ネズミ講で大儲けをして、日本に遊びに来たと言うか逃げて来たのだという話をした。

お金を持っているので、日本で楽しく暮らそうとの考えで来たのだが、予想もしない事件に巻き込まれて、お金を失ったと聞いたらしい。

美羽が気の毒に思う俊郎、そんな悪い外人に騙されているなら教えてあげようか?　いや、もう子供もいるので別れる事は可哀想過ぎると思った。

日本でお金を無くした事って何だろうか?　美羽とのお付き合いしている時のことを思い出そうとしている俊郎だった。

食事が終わって俊郎と別れた二人。

「あのおじさん、今でも美羽さんの事が好きだから、必ず何かを捜すわ」

「二人が別れる様な事になるでしょうか？」と明子。

「火の無い処に煙は出ないわ！　貴女も頑張れば手に入るかも知れないわね」

朋子は黄に未練が残っているので、清水に応援をして貰って美羽から黄を取り上げようとしていたのだ。

しかし、心の中では黄を困らせてやりたいとも思っていた。

俊郎の登場はこの二人には降って湧いた様な幸運に思われたのだ。

妊娠中に遊ばれただけで捨てられた復讐の始まりは、意外な処から始まった。


清水らと別れた後、俊郎は昔一緒に旅している時、急に中国語の勉強をしていた美羽を思い出した。

あの時付き合っていたのか？　それで勉強をしていたのだと思った。

さらに鮮明に昔を思いだした。

東京にやって来た俊郎と一緒に、山梨までドライブに行く事になった美羽。

レンタカーを借りて、美羽を迎えに行くと缶コーヒーを二本買って乗り込んで来て、いきなり流暢な中国語で挨拶を始めたので「どうしたのですか？　中国に旅行ですか？」と聞いた事があった。

「あっ、そうだよね、中国人の中国語と台湾の中国語は少し違うのよね」と意味不明の事を言いながらプレーヤーをバッグから取り出して、中国語をイヤホンで聴きながら練習していた。

それから先は、殆ど山梨に到着するまで会話が無かったのを思いだした。

別れる半年程前だったのか？　春先？　遠い記憶を辿る俊郎は、あの時既に黄とは良い関係になっていたのだと思った。

当時自分は既に定年間近、美羽は三十歳にもなっていなかったので、幾ら仲が良くて身体も話も合ったとしても結婚はあり得ないと自分に言い聞かせていた。

若い美羽に酔っていた俊郎に、その時は何も見えていなかったのも事実だった。

今になって、急に熱海の駅で消えたのにも、何か黄が関係していたのだと思い始めた。

清水に貰った美羽の住所が書かれたメモ用紙には、塩釜市内の三階建てのマンション塩釜本町ハイツ三〇三号室と書かれ、美羽の携帯番号が書かれていた。以前の美羽の携帯は、別れた一月後から着信拒否になっていて全く繋がらない状態だった。実家は仙台市に在ると教えてくれたが、住所までは知らないと清水は言っていた。

翌日、清水から、今日は美羽は夜勤明けで休みだと聞いていたので、一度自宅の場所だけでも見て見ようと向かった。

自宅に行ってマンションを眺めたが、何が起こる訳でもなかったので、会社に行って旦那さんを見ようと思った俊郎は、清水から貰ったメモに明子の電話番号も書かれていたのを思い出し明子に電話を掛けた。

「美羽さんの自宅を見てきました。美羽さんの旦那さんを見たいのですが？　会社に行けばこっそりと見る事は可能ですか？」と尋ねる俊郎。

「結城さん、黄さんの自宅に行ったのですか？」行くと思って教えていたが、わざと驚く様に言う朋子。

「今日は夕方六時頃には事務所に戻ると思いますが、顔を見られない様にされる方が良いのでは？」と余計なお世話を言う朋子。

将来二人が揉めて、自分の処に黄が戻ると話がもつれ面倒なことになると思うのだ。

しかし、朋子にすれば二人を引き離すには、俊郎が二人の中に入れば必ずもつれると言う清水のアドバイスに頼るしかない。

夕方になって俊郎が事務所にやって来たので、朋子はお客さんが来た様に率先して応対に出た。

俊郎は薄いサングラスに帽子を被っていたので、思わず自分の言葉が効きすぎたと笑いそうになったが「先程帰ってきて車を洗っているみたいよ」と教えると直ぐに事務所を出て行った。

少し離れた場所から黄を見た俊郎は「あれ？　何処かで見た様な」と思わず小さく口走った。

黄も自分を知っていたら困るので、見つからないように慌ててその場を去った俊郎は、ホテルに帰るまで何処で会ったのだろう？　話をしたのか？　見ただけか？　と記憶をたどり続けていた。

あの黄の顔は何度も見た様に思うが、何処で見たのだろう？　中々思い出せない俊郎。


翌日は大木千代が退院なので病院に行った。

迎えには大木の娘も来ていたが、千代は車椅子だったので、仕方なく俊郎も付き合って三人で一緒に帰る事になった。

弁護士の須藤に今後の事を頼み、三人は大阪に向かった。新幹線の乗り継ぎは大変だろうと思っていたが、乗り換えの駅ではＪＲの職員が手伝いをしてくれたので、車椅子の千代だったが心配なく乗り降りが出来た。

昔に比べて障害者には優しい社会になったと俊郎は思った。

大阪で千代らと分かれやっと自宅に着いた俊郎は、直ぐに黄の事を思いだした。

早速、パソコンの中の写真ファイルに黄が写っていないかと見始めた。

「あっ、この男だ！」と口走ったのは、美羽と最後に行った河津桜の写真の中に写った男の顔だった。

何度もアルバムを見たから、記憶に残っていたのだと納得する俊郎。

七話　河津桜

この写真から考えれば、美羽の後を尾行して来た事は間違い無い。

おそらく、熱海の駅で別れた後に、美羽を問い詰め私への連絡を辞めさせたのだろう。

俊郎はパソコンにアップしていないカメラのＳＤカードを捜して、他の画像も捜し始めた。

一部動画で映した物もあり、結構複数のＳＤカードには画像が沢山残っていた。

パソコンに入れたのはプリントアウトする為に選んだ映りの良い物だけで、実際はその数倍の画像がＳＤカードには残っていた。

河津桜のＳＤカードを見つけて見始めると、その日の情景が昨日の様に蘇って来た。

熱海の駅で待ち合わせて、伊豆稲取温泉に向かう二人。

「同じ料金で踊り子号とスーパー踊り子なら、スーパーが良いね」の話し声が動画の中に入っている。

時間が早いので、当日は伊豆下田まで行って、下田の町を観光している。

美羽は東京から乗り、俊郎は途中の熱海から乗り込んで合流し、二人が下田に到着したのが午後の三時前。

もしも、尾行を東京から黄が行っていたら、約一時間半誰もいない美羽を黙って見ているだろうか？　という疑問が画面の写真を見ながら沸いてきた。

車両の内での写真は殆ど無いので、何も判らない。

下田では観光地ペリーロードと呼ばれる場所を散策。

ペリーロードは、下田の了洗寺の入り口から、沢村邸あたりまで続く通りだ。

百メートルくらいの小さな通りの脇には小川が流れ、なまこ塀の建物をはじめとした風情のある建物、柳の並木、ガス灯などが並び、ガス灯は多分本物のガスを使っていると思われる。

そこでの数枚の写真にも、黄の姿は見つけられなかった。

下田公園、宝福寺等の写真にも黄の姿は確認出来なかった。

五時には稲取の温泉旅館に到着しなければならなかったので、遠くには行けなかった。

稲取温泉の部屋の写真に黄の姿が在る筈は無かったが、懐かしさで思わず時間を要して俊郎は見続けた。

記憶が次々と蘇ってきた。

翌朝、稲取温泉からタクシーで河津桜の名所に向かった。

河津桜とは、河津桜の原木は、河津町田中の飯田勝美氏（故人）が一九五五年（昭和三十年）頃の二月のある日、河津川沿いの冬枯れ雑草の中で芽咲いているさくらの苗を見つけて、現在地に植えたものだ。

一九六六年（昭和四十一年）から開花がみられ、一月下旬頃から淡紅色の花が約一ヶ月にわたって咲き続けて近隣の注目を集めていたとのことだ。

伊東市に住む勝又光也氏は一九六八年（昭和四十三年）頃からこのサクラを増殖し、このサクラの普及に大きく貢献した。

一方、県有用植物園（現農業試験場南伊豆分場）は、賀茂農業改良普及所、下田林業事務所（現伊豆農林事務所）や河津町等と、この特徴ある早咲き桜について調査をし、この桜は河津町に原木があることから、一九七四年（昭和四十九年）にカワヅザクラ（河津桜）と命名され、一九七五年（昭和五十年）には河津町の木に指定されている。

カワヅザクラはオオシマザクラ系とカンヒザクラ系の自然交配種と推定されている。

河津桜とは静岡県賀茂郡河津町で毎年三月上旬に満開になるピンク色の桜だ。

この桜は染井吉野のようにパーっと咲いてパーっと散るって感じの桜ではなく、伊豆の温暖な気候と早咲きの特色を生かし毎年二月上旬から開花しはじめ約一ヶ月を経て満開になる。

この桜は本州でも早咲きの種類に分類され開花の過程を楽しめ更に満開を長く維持できる特徴もある。

数年前までは無名の河津桜もここ数年で全国に浸透し現在百五十万〜二百万人規模のイベントになっている。

河津桜は開花の予想が非常に立てづらく、早い時にはお正月から開花する場合もあったり、遅い時は二月中旬に開花が始まったりとなかなか我儘なツアー観光客泣かせの桜とも言える。

「まったく人騒がせな桜だ!」なんて思っている方も多いかもしれませんが一度ご鑑賞あれ。きっと貴方の心を癒して、春を感じさせてくれるでしょう。

写真は、伊豆急河津駅より一・三kmの町道沿いに飯田家があり、そこの樹齢約六十年にもなる河津桜原木の辺りで撮影したものだ。

動画もこの場所で、写していたのかと思いながらパソコンに映し出される動画を見ている俊郎。

「あっ、この服の色は同じだ」と思わず画面を見て呟いた。

男の袖が、カメラを振った時に写っているのが見て取れるが、顔は判らない。

この時自分はタクシーの中から原木を映して、美羽が近くまで行ったので動画で追ったと思いだした。

この後河津側の両岸に咲く桜のトンネルを、二人で楽しみながら下流に向かって歩いた。

所々で写真を写し、屋台で鮎の塩焼きを食べながら、ビールを飲んで楽しんだ記憶が蘇る。

下流に向かう程沢山の屋台が並び、食べる物は無数にあるので、お昼は何を食べたのか判らなくなった。

ビールも何杯飲んだか記憶に無い程だった。

写真も沢山撮影しているが、結局ＳＤカードに残っていた黄の写真は、袖が写った写真と顔が写っている一枚のみで、河津の桜会場の写真は存在しなかった。

俊郎はこの一枚の写真だけで、黄の顔が自分の記憶に残っていたのか？　通行人が偶々美羽の後ろに写っただけの写真なのにと、人間の記憶の不思議さを感じた。

この写真を見る限り黄は、河津桜の日に東京からやって来て、自分達の直ぐ側にいて観察をしていたのだろうと推測された。

美羽に電話をする事も出来ない俊郎は、何も出来ずに普通の生活に戻った。

俊郎の行動を期待していた清水と水田は、俊郎が何か動くだろうと思っていたが、予想が外れたので、自分達で何かを仕掛けて事件を起こそうと考え始めた。

清水は美羽を呼ぶと「先日の事故の患者さんの資料を、保険会社に届けなければならないのよ、私がカルテを読むからここに書いて」と言って提出書類の作成を手伝わせた。

清水は保険会社の用紙に書き始める美羽の様子を観察しながら読み上げ始める。

数人を読み上げた後「次の人が一番遠方ね、姫路市御着……の結城俊郎さん」と読み上げた時美羽のペン先が凍り付いたように止まったのが判った。

八話　秘密

美羽の顔色が急激に変わるのが、傍目にも見て取れる。

「どうしたの？　黄さん！」と呼びかけると急に我に返った美羽は「急に気分が悪くなって目眩が、トイレに行って来ます」と慌てて席を外した。

清水は美羽の動揺が予想以上だった事に、仕掛けた自分も驚いた。

昔付き合った男と病院で再会したくらいで、何故こんなに驚くのだろう？　確かに数年付き合って肉体関係もあっただろうが？　今の驚き方は半端では無かったと思った。

御主人の黄さんが、結城さんとの付き合いを知らないとしても、それ程驚く事では無い。

朋子から、黄は本人が平気で浮気をするくらいなので、おそらく相手の過去の事には拘らない男だと聞いていた。それくらい美羽も心得ているはずだが、美羽が予想以上に動揺したので気になった。

直ぐに、もう一度朋子に確かめようと電話をした。

朋子に黄の事を話すと「彼ね、過去には拘りが無いって、今の君が好きって言うタイプよ、だから好きなのよ」とのろけたことを言った。

「今日は彼いるの？」

「先程伝票を取りに事務所に来たけど携帯が鳴って、今廊下で話しているわよ」

「えっ、それ美羽さんと話をしているのでは？」

「今、美羽さんトイレに行ったからね、例の結城さんの事を教えたら、驚いていたからもしかして」と言うと直ぐに朋子は電話を切った。

朋子は、廊下に様子を見に走っていった。

「偶然だろう！　大丈夫だ！　美羽怯えるな」と大きな声で話す黄の声が聞こえた。

朋子の姿に気づいて、慌てて電話を切った黄は「変な勧誘で、困るよ！　まだ難しい日本語判らないのに」と誤魔化した。

しばらくして、トイレから戻った美羽に清水が「大丈夫?」と尋ねると「はい、大丈夫です」と答えた。

「結城さんの書類は私が書いておいたわ、異常なしの検査結果だったからね」と言うと美羽は作り笑いを浮かべながら「六人でしたね、この結城さんだけお一人の参加ですね、お連れの方は誰もいらっしゃいませんね」と冷静を装って話した。

「私、この人と話をしたのよ! 色々聞いたわよ、気の毒な方よね! 事故で奥さんも子供さんも失われたそうね!」と言うと「他には何か聞かれました?」と美羽が尋ねた。

「一度姫路の自宅に帰られたけど、また来られたのよ」

「遠方からわざわざ?」

「そう、何でも事故の調査に来られた様よ! 私色々聞いたけど、世の中恐いわね! 偶然ってあるのね」と話した。

「先輩は特別何か聞かれました?」

「聞かれたけど、何も喋らなかったわ!」

清水の手伝いが終わった美羽は顔色を変えたまま、清水と別れた。

しばらくして朋子から「清水さん、先程の黄の電話奥さんとしていましたよ」と電話があった。

「どんな事喋ってた？」

「偶然だろう？　大丈夫だ！　美羽怯えるな！　って、大きな声で否定していました」

「偶然だろう？　大丈夫だ！　何の話だろう？」清水は考え込んでしまった。


清水は経理の人間に接触して、美羽の実家の住所を調べた。

実家は仙台市若林区で両親が住んでいた。清水は次の休みの日に美羽の実家に向かった。何か変わった事は無いのか？　台湾人の黄を婿にした経緯で何かが判ればと思ったのだ。

判った事は、美羽の弟が知的障害者で、水泳が得意で海外にも行く程のレベルだった事。子供の頃から、両親はこの弟剛の為に苦労をして姉の美羽には殆ど何も出来なかった事。美羽が看護師になったのも弟の事を考えたからかも知れない。

また、美羽は子供が出来た事を切っ掛けに実家に戻って来た。東京から実家に戻って二年も経過していない。

夫の黄博向は外国人というハンディの為、中々就職が出来なかったが、やっと塩釜運輸の運転手として就職したことなどが判った。

黄にまだ未練が残る朋子は毎日の様に会う黄の様子を常に細かく分析していた。

美羽のお腹が大きい少しの間だけの付き合いだったが、あの優しさが忘れられないのだ。

一般的に台湾の男性は女性に優しい。ある女性旅行記者が、全世界百三十カ国以上旅をしたが、最高の男性は台湾人だろう？　と評価している。

それは、馬鹿丁寧な程の気遣いにあると言う。

好きでも無い男性に、気遣いを見せられると煩わしくもあるが、少しでも好意を感じる男性の場合は、それは格別に見えてしまうのだと解説をしていた。

朋子もまさにその部類で、優しくされた事を愛情だと勘違いをして関係を持ってしまったのだ。

黄には単なる遊び相手だったが、朋子には今まで付き合った日本の男性には無い気遣いが心に残った。

黄は美羽に子供が出来ると、子煩悩振りを発揮して子供にべったりで、朋子の身体には見向きもしなくなったが、普段の愛想は相変わらず良いので朋子は未練を残しているのだ。

黄には、清水との友人関係を話していなかった朋子だから、美羽が勤める病院と繋がっているとは考えてもいない黄。

清水はもっと美羽の実家を調べようと、友人の近藤咲子に時間がある時で良いから美羽の実家を調べて貰う様に依頼をしていた。

友人の近藤は結婚して、偶々同じ若林区に住んでいたので頼めたのだ。

その近藤から、知的障害の剛は近くの施設に子供の頃から通っているが、最近は時々黄が施設に連れて行っているとの報告があった。

「偶然だ、大丈夫だ、怯えるな」と言ったという黄の言葉の意味が未だ判らない清水は、あの時の電話は本当に美羽との会話だったのだろうか？　朋子の聞き間違いではないのかとも思った。

その黄の言葉が美羽からの電話に対するものだったら、結城俊郎に関する事だ。

少なくとも結城の事を黄は知っている事になる。

「偶然だ」は事故で偶然来た結城さんの事？　「大丈夫だ」は会っても大丈夫？　それは変だわ。

「怯えるな」は普通何者かに追い掛けられているよう様な時に言う言葉だ。

結城さんは美羽を追い掛けてきた訳ではないし、喧嘩で別れた訳でもない。

今この病院で会っても普通は「お久しぶり？　元気？」や「どうしているの？」程度の挨拶か、精々「私、結婚して子供が出来たのよ！　結城さんはお元気でしたか？　連絡もせずにごめんなさい」程度の会話になるだろう。

怯えるとか大丈夫と言う言葉はどういう意味だろう？

きっと何か秘密があるに違いないと思い始めた清水だった。

九話　過去の面影

「結城さんに拘わる貴方達の秘密を知っています。逃げられません」とワープロで書かれた手紙が黄の自宅のポストに投げ込まれた。

黄夫妻はこの短い文章に震え上がった。

「私達を揺すろうとしているわ」と美羽が言う。

「誰だ？」

「結城本人なら、私達を脅迫する前に乗り込んで来るわね」

「清水って看護師は？　怪しくないか？」

「彼女も知っていたら、何か要求するでしょう？　結城が知らないのに彼女が知っているはずも無いわ！　それに事故で担ぎ込まれた中の一人が偶々結城だっただけよ」

「誰かが何かを疑って、私達を見ているのかも知れないな」

「南さんの関係者って事は？」

「それは絶対に無い、彼が死んで既に四年、関係者が知っていたとしたら今まで黙っているはずがない」

「私が勤めていた東京の病院で、目の前で亡くなったからよく知っているわ」

「日本人として、日本で死ねるから、本望だったと言っていたし、国の両親にお金も送金したと話していた」

二人は、周りに悟られないように冷静を装いながら、手紙の犯人を捜す事にした。

黄も美羽もそれぞれの勤め先の人間が一番怪しいと思っていた。


南とは黄の先輩で、台湾では陳と言う姓だったが、日本に帰化して南俊一と改名した人物だ。

黄は台湾でブームになっていたネズミ講ビジネスで一儲けしたが、多数の人を騙したので居場所が無くなり南を頼って日本に逃げてきたのだ。

南が生前、日本の女性と結婚したと自慢して台湾に帰ってきた事があった。

友人達はその姿を、羨望の眼差しで見ていた。

それは台湾が日本に併合されていた時代に、日本の教育を受けた老人達から、日本のすばらしさを聞いて育った台湾の人は日本に対する憧れを持っていたからだ。

黄は、いつか自分も南の様に日本人女性と結婚したいといった願望が芽生えていたので南を頼って日本に来たのだった。

しかし黄が見た南の現実は厳しく、妻に逃げられ離婚し、子供もなく一人で寂しい生活をしていたのだった。

その南は四年前、急性白血病を発症して、美羽の勤めていた品川総合病院に入院した。身内のいない南の看病をしたのは、黄であった。黄はとても献身的に看病をしていたが、その甲斐もなく、とうとう南は亡くなってしまった。

失意のどん底にいた黄は、今さら台湾に戻れないので日本に帰化することにした。

しかし、帰化した理由は他にもあった。

黄は南の看病の最中ではあったが、偶然出会った南を担当していた看護師の松藤美羽に一目ぼれしていたのだ。

そこで黄は必死の思いで美羽にアプローチすると、予てより南の世話を懸命に行う黄の姿に感動していた美羽は黄の気持ちを受けいれたのだった。

しかし、美羽は、黄が外国人という事で両親の反対もあり中々結婚までは踏み出せなかった。

黄は何とか気に入られようと頑張っていて、やっと両親の心を動かした。それは黄が美羽の弟剛にとても優しく接していることが判り、この人なら自分達が亡くなった後も剛を大事にしてくれると思ったからだった。

だが、黄博向には誰にも話せない秘密があったのだ。

その事実を聞いた時、美羽は目眩を起こして倒れた程だった。

だが、冷静になって考えた美羽は、黄が正直に話してくれたことに感動を覚えて、その秘密を共有して行く事を決心したのだから、人の気持ちは判らない。


俊郎はもやもやした気持ちでシルバーの仕事に戻っていた。

毎日の様に自宅に帰っては昔のＳＤカードの画像を見て、懐かしい風景を思いだしていた。

河津桜の前に行ったのはいつだったかなと思い、順序立てて記憶を辿った。

冬は寒いからと一月末に九州に行ったと思いだしＳＤカードを捜して見始めた俊郎。

美羽は東京から飛行機で福岡空港までやって来た。

自分は新幹線で博多まで来て、レンタカーを借りて空港に迎えに行った。

空港の出入り口から出てくる美羽を見逃さない様に必死で車の窓から見ていた記憶と、その時の画像を見つける俊郎。

動画撮影で映りも悪く遠いので、一度見てからパソコンにも取り込まなかった画像だ。

俊郎は思わず「えっ！」と声を出した。小さく映る美羽の後ろに黄の姿が見えたのだ。

「九州の時も一緒に来ていたのか！」

その後の画像には黄の姿は全くなかった。

「美羽には行き先も伝えていないし、レンタカーを使ったので車が判る筈もないからか」と俊郎は思った。

「しかし二回連続で来たのか！」と腹立たしくなった。

それにしても、どうして河津桜の後から突然連絡が途絶えたのかは全く分からない。

九州旅行の後に連絡した時は、機嫌も良く何も気になることは無かったのに、河津桜の後は全く連絡が途絶えたのだ。

写真は殆ど俊郎が撮影するので、美羽の写真ばかりだった。美羽に撮ってもらうこともなかったので俊郎の写真も美羽と一緒の写真も無かった。

この九州の時は、黄が俊郎を近くで見た筈は無いから、河津桜の時に間近で見て「あんな爺と付き合っていたのか！　美羽馬鹿じゃ無いのか？」などと言われて急に連絡を絶ったのだろうかと昔の写真を見て思い苦笑いを浮かべる俊郎だった。

この男いつ頃から美羽に近づいたのだろう？

先日の水田朋子さんの話では、五年から六年前に美羽と知り合ったらしいと聞いた。

知り合って懇意になるまでには多少時間が必要だ。

男女の関係になるまでには、更にもう少し時間が必要だろう？

結婚となると、外国人だからもっと慎重になっただろう？

自分が美羽と別れて既に三年以上経過しているから、黄と付き合いが親密になったのは……と写真を見ながら考え込む俊郎。


数日後、大木千代から電話があった。

「結城さん、良い人を紹介して頂いたわ、見かけはお年寄りで不安だったのだけど、動きが早いのよね！　もう資料を全て揃えて下さった様ですわ」

「それは良かったですね」

「それでね、結城さんにお願いがありまして、須藤先生に御礼の品と報酬を持って仙台まで私の代わりに行って頂きたいの、送ろうと思ったのですが、失礼かと思いまして」

十話　失踪

「そんなに丁寧にされなくても良いと思いますが？」

「須藤先生だけでなくて病院の先生と看護師さんの御礼もお願いしたいの」

千代は、事故現場にも行きたいが腰が不自由だから行けないとの事だった。

結局事故で亡くなったのは大木泰三一人で、重軽傷の人が多く千代には何とも言い表せない複雑な心境だったのだろう。

数日後再び仙台に向かう俊郎。

往復飛行機だから、それ程時間はかからないが、千代は折角ですから温泉にでも入ってゆっくりしてきて下さいと、秋保温泉の宿泊券まで用意してくれていた。

二泊三日の豪華な旅行のプレゼントを頂いた俊郎は、これで三度目になる仙台に向かった。

千代からは、用事はそれほど時間も要しないでしょうから、のんびりと観光を楽しんで下さいと言われたが、俊郎は観光よりも一番気になる美羽と黄の事を調べて見ようと、塩釜運輸の水田朋子の元を訪ねることにした。

だが、俊郎が朋子に会いに来たのを黄に見られてしまった。

黄は、俊郎が再び仙台の自分の勤め先まで来て、今まで関係が無いと思っていた水田朋子に会っていたのに驚いたのだ。

これは黄には一大事で、例の手紙も朋子の犯行だと決めつけてしまった。

翌日、水田朋子は会社を無断欠勤しており、夜俊郎と清水と三人で食事の約束をしていたが、そこにも現れなかった。

清水が携帯に連絡したが、携帯は切れていた。

清水はレストランで俊郎と二人だけの食事を済ますと、朋子が心配でそのまま朋子のマンションを訪れたが、人の気配が無く静まりかえっていて清水は胸騒ぎを感じた。

俊郎は翌日須藤に会いに行き、千代に頼まれた物を手渡すと、須藤が仙台空港まで車で送ってくれた。

「こんなに御礼を貰って悪いな」と謙虚な須藤に「また何かお願いをするかも知れません」と言うと「殺し以外なら、人捜しでも何でもやりますよ！　姪っ子も仕事が欲しいと言っていますから」と言った。

「姪っ子さんも一緒に？」

「元は新聞社に勤めていたのですが、会社勤めが嫌になったと私の事務所に転がり込みまして」と笑う。

須藤瑠美という二十七歳の姪っ子だった。

その瑠美が、この後大いに役に立ってくれることになろうとは、その時の俊郎は知るはずも無かった。


自宅に戻った俊郎に翌日清水から電話があった。

「朋子あれから自宅に帰らないのよ！　最後に結城さんが会われた時、何か変わった様子は無かったですか？」

「私は、黄さんとの関係とか、黄に初めて会った経緯や美羽さんとの関係を尋ねましたが何か問題が？」

「美羽さんは黄さんと朋子の関係は知らないと思いますから、美羽さんが疑う事は無いと思いますわ」清水が話した。

「でも朋子さんはどうしたのでしょうか？　会社を無断で休んで何処かに行かれたような事は過去にもあったのですか？」

「はい、黄さんと別れた時に感傷的になって、三日程放浪したと聞きました、今回の無断欠勤で運送会社は解雇されるでしょうね」

「まだ三日でしょう？　不意に帰るかも知れませんよ」俊郎はその様に言うしか術が無かった。

だが、一週間経過しても朋子から連絡が無いので、清水は朋子の実家に連絡をした。

すると驚いた母親が実家のある岩手の一関市から飛んできた。

清水と朋子の母は朋子のマンションの部屋を管理会社に事情を説明して開けて貰った。

部屋の中には飲みかけの牛乳、台所には食べ終えた食器がそのまま置いてあった。

「お母さん、これは変ですよ！　何処か旅にでも行く様な感じには見えません、警察に届けた方が良いと思います」

「清水さんの言う通りね、旅行にでも行ったようには見えないわ」

二人は一緒に塩釜警察に捜索願いを出しに行った。

成人の場合、警察は事件性が無ければ受け付けるだけで殆ど何もしてくれないのが実情だ。

年間に約八万人の行方不明者がいて、男性が約五万、女性が約三万人存在する。

それが毎年同じくらいの数いるのだから、警察も捜索をしないというかできないのが現実なのだ。

一応、マンションは見に行くと言ってくれただけ、まだ親切な警官だった。

三日後朋子の母親の文恵が清水に「探偵にでも頼んで捜して貰おうかと思うのですが？」と

相談の電話をかけてきた。

清水は、捜査にどのくらい日数がかかるのか判らないので、費用は相当かかるのではないでしょうか？　と心配して話したが、文恵はお金の問題では無いからと言って、清水に誰か探偵を知らないかと相談を持ちかけた。

それで清水が俊郎に相談すると、俊郎は、「それなら適任の人がいますよ」と須藤を紹介したのだ。

翌日、清水から連絡を受けた須藤は姪っ子を連れて喜んでやって来た。一関から来た文恵と合流すると、四人は仙台駅の近くに喫茶店に入った。

須藤は二人に名刺を渡すと連れて来た姪っ子の瑠美を紹介した。瑠美を見た清水と文恵はこんなに若い子で大丈夫かと言った不安を顔に滲ませた。

だが須藤が、会話の中で瑠美に頼る様な話し方をするので、余程信頼があるのだろうと徐々に納得するのだった。

状況を二人から聞いた瑠美は早速「朋子さんのマンションの合い鍵を下さい、夕方にでも現状を調べて来ます」と言った。

清水は、瑠美が行動的な女性で任せても大丈夫だと思い始めていたので「自分が一緒に行きます」と答えた。

須藤は「何か新しい事が判れば、私が出動だな！　それまで瑠美に任せるよ」と言って、費用は日当と交通費で良いと文恵に伝えた。

文恵は取り敢えず頭金の五十万を渡して、須藤達によくよく頼み込みそのまま帰って行った。

朋子のマンションに向かう途中で、清水は瑠美に朋子と黄の関係と、さらに話のなり行きで俊郎と美羽の経緯も説明した。

朋子と俊郎が話をした翌日から朋子が失踪したことを話すと「その黄さんが一番怪しいですね」とぽつりと瑠美が言った。

「でも黄さんと朋子の事は、美羽さんには知られていないのよ、それに朋子はそれ程黄さんに迫るタイプでは無かったと思うの、自分の方を向いて欲しいっていうタイプでした」

清水は黄には朋子を殺すとか危害を加えるような動機が無いと思っていた。

十一話　探偵瑠美

瑠美は清水の案内で、朋子のマンションに入り、冷蔵庫、洋服ダンス、下着の入れ物等まで詳しく調べた。「旅行ではありませんね、朝食の器もそのままで、荷造りをした様子も見当たりません」と言い「事故か誘拐を考えなければ……」と言葉を濁した。

状況から瑠美は間違い無く事件性を感じ取っていた。

小一時間ほど室内を隈無く調査したが失踪に繋がるものは何もなかった。ただ、黄と朋子の二人の写真を引き出しに見つけたのでそれらをバッグに入れた。

清水は瑠美に鍵を渡して「お願いします」と丁寧にお辞儀をして別れようとした時「今日、美羽さんは茂木総合病院に出勤されていますか？　美羽さんとお会いしたいのですが」と瑠美が聞いた。

「でも、何と言って瑠美さんを紹介したらよいのでしょうか？」

「大丈夫です、これを使います」と雑誌社の名刺を見せた。

「国際結婚をされた人の特集記事を書いていると言います」と簡単に言う。

「この名刺は以前勤めていたところのもので、今はルポを時々載せて貰っているのです」と清水の不安を一蹴した。

清水は自分の知り合いとして紹介しても、今回の事件との関連を疑われる事は無いと思い病院に瑠美を連れて行く事にした。

清水はこの瑠美が今更ながらに行動的な女性だと思った。

「もしも朋子さんの事件に美羽さんが関係しているとしたら、話を少しすれば直ぐにわかると思います」と瑠美は言った。

「そうですか、それなら美羽は夕方から夜勤の予定なので、今から行くと時間的には丁度いいと思います」

二人はすぐに病院に向かった。


「清水先輩今日は非番でしょう?」清水が病院に来たので美羽が驚いた様に言った。

清水は美羽に友人の取材に協力して欲しいと簡単に事情を説明して瑠美を紹介した。

瑠美は記者として、国際結婚を推奨し世間の偏見を変える企画だと伝えると、美羽も自分が苦労して結婚したので匿名なら取材に協力すると承諾してくれた。


短時間のインタビューだったが、終わって病院を出ると瑠美が清水に「多分朋子さんの失踪は知らないと思うわ」と話した。

「旦那さんのお惚気に終始したわ、皇居の周りを走っていた時好きになった様ね、病院の駅伝の練習をしていたのね、その時具合が悪くなった美羽さんが黄からどこか悪く無いとか、痛みは無いかと親切にされたのが、きっかけの様ですね！　御主人の優しさを話の中に感じました。話を聞く限りでは、朋子さんとの関係については気が付いていないようですね」と瑠美は説明した。

「黄さん夫婦は朋子の失踪とは関係無いのね」と見込みが違ったと清水は落胆した。

瑠美は「今は美羽さんの話しを聞いただけ。御主人と朋子さんの関係については、まだ判らないわ」と言った。

瑠美は、そのまま清水に朋子の捜索を頼んで別れた。

瑠美は手帳に朋子と書いて、×マークを名前の前に記した。

瑠美そして美羽の名前の前に○を書いて、黄の前には△のマークを記した。

明日は、塩釜運輸の仕事場に事情を聞きに行く予定にしている。

瑠美は先日須藤から教えて貰った美羽と俊郎の関係を思いだし、複雑にあのバス事故が絡んでいるの？　と頭をよぎった。そして手帳に結城と書いて〝?マーク〟を大きく書いた。

結城＝朋子＝黄＝美羽と書いて「何か気になるな」と呟く。

朋子の失踪は、朋子とは全く関係の無い俊郎のバス事故から、繋がっているのではないかと思い始めていた。

結城さんは事故以来美羽さんとは再会していないと言っていた。

事故当時、自分の前から突然姿を消した美羽さんと仙台の看護師として再会した時、驚きと懐かしい思いでいっぱいだった。だが、もう結婚して子供もいると聞き、それを最後に会わなかったのだと思った。

翌日塩釜運輸に行くと課長の山田が「水田君は、真面目な子で今まで、この様な事は無かったので心配しています。変質者か誰かに襲われるなど事件に巻き込まれてなければ良いのですが」そして、失踪したと思われる日に会っていた人は、関西から来られた結城さんだけだったと説明してくれた。

男性関係については何も聞いていないが、「年頃だから良い人でも」と尋ねたことはあったが、「誰もいません」と答えていたと話してくれた。

「社内に懇意されている方は？」

「男が多いですが、特別仲の良い人はいなかったと思います」

黄との仲は社内でも知られていなかったのだと瑠美は思った。

黄は、配達中で社内にはいなかったので「御社では外国の方も雇われていますか？」と質問してみた。

「今は二人ですね、台湾人と韓国人ですが、日本での生活が長いので言葉にも支障はありません。今のドライバー不足に大変助かっています」

「お二人は、日本での免許を取得されて長いのですか？」

山田は、パソコンでデータを確認してから「韓国人は五年、台湾人は四年です」

「水田君の失踪と何か関係があるのですか？」と山田課長は不思議そうな顔で瑠美を見た。

慌てて瑠美は、「最近外国人に乱暴された女性がいたと聞いたので、参考までに聞きました」と話をごまかした。

「黄君は乱暴をするような人ではありませんよ。反対にとっても女性に優しいから、人気があるくらいです。それに彼には、美人の奥さんと子供さんもいますからね」と笑った。

瑠美は、御礼を言って事務所を出ると手帳に、黄―免許は四年前と書いて「あっ、忘れていた」と山田の元へ戻ると「すみません課長さん、先程の免許って普通免許ですか？」と尋ねた。

山田は開いていたパソコンを見て「普通ですよ、外国人だから大型は難しいですよ」と苦笑いで言った。

「ありがとうございます」と瑠美はお辞儀をして帰って行った。

何故免許証の事を尋ねたのか瑠美、自身にもよく判らなかったが、黄に関する事は何でも調べておく必要を感じていたのだ。

朋子が失踪する前に会っていたのが結城さんなら、ここで黄が結城さんを見ていたはず。

黄には朋子さんと結城さんが知り合いだった事に何か不都合でもあったのだろうか？

もし何か不都合があったとしたら……殺す？　そこまでする様な事って何？　瑠美は頭を抱えてしまった。

最後に会っていたのが、結城さんとすれば黄＝朋子＝結城にどの様な秘密があるのだろう？

瑠美は自宅に戻ると、俊郎にその疑問をぶつけてみた。

俊郎は笑って「僕が水田さんを訪ねたのは、黄さんから美羽さんとの出会いをどの様に聞いているかを尋ねただけです。そんな事で水田さんが黄さんに狙われる理由は無いでしょう」と話した。

「失踪の理由はまだ判らないのですか？」と逆に尋ねる俊郎。

「私が調べた中では、朋子さんと結城さんが会われた以外、普段と変わったことは無いのです。ですが、その当日自宅に帰る途中に失踪されています」

「私と会ってから、数時間で行方不明に!?　益々心配です」俊郎も自分が水田に会いに行った事が悪かったのかと思い始めた。

朋子の投書のことは誰も知らない！

十二話　迷探偵

瑠美は翌日から、俊郎の話を参考に黄博向の日本に来てからの行動を調べる事にした。

いつ日本に来たのか？　目的は何か？　何処に住んでいたのか？　美羽との馴れ初めは？　朋子との関係は？

朋子との関係は清水が直ぐに詳しく説明してくれたのでほぼ掴めたが、他の事は全く判らない。

行き詰まった瑠美は、新聞社の先輩小磯義之に黄の事を調べて貰おうと頼むことにした。

小磯は「瑠美何か事件を掴んだのか？」と好奇心の声で尋ねた。

「まだ、先輩の出番では無いかも知れませんが、事件の臭いはしますね！」と答えた。

小磯は三十八歳独身。本社で事件専門の敏腕記者だったが、行き過ぎた取材が原因で東北の支社に飛ばされたのだった。

東北支社に来てから、新入社員の瑠美と同じ課に配属となった。小磯は瑠美が色々教わった恩人でもある。

しかし、結局瑠美は小磯に対する本社の方針に憤慨して、絶望を感じ新聞社を退職したのだった。

記者の取材で、何処までが行き過ぎなのか瑠美は疑問を感じていたのだ。

例えば、近年高齢化の社会で痴呆の老人が多くなり、昼と夜が逆転して深夜に徘徊をする老人が増加している。

ある時そんな老人の一人が側溝に落ちて凍死した。家族はマスコミに徹底的に叩かれた。「老人を粗末に扱った。監視をしていなかった。世話をしていなかった」「日頃から大きな声で、老人に怒鳴りつけていた」と近所の声として取り上げて、老人は虐待を受けていたと面白おかしく書き立てた。

瑠美にはとてもその様な記事を書く事が許せなかった。実は瑠美がこの家族を取材していたのだ。

老夫婦と孫の三人家族であった。祖父の徘徊と同時に家の中でも暴力行為が増加して、家族は疲れ果てていたこと。

祖父は若い時柔道をして国体まで行った経験者、暴れて食堂の椅子を投げる事も度々で、襖や障子が壊れた跡も見せてくれたのだ。

そんな中、夜家族が眠っている間に祖父が出て行ってしまった。そして、不幸が起きてしまったのだった。

だが瑠美の真実を告げる記事は没になり、「虐待をしていた家族」という記事が出てしまったのだった。

東邦日報東北支社の小磯から、瑠美に連絡が届いたのはその日の夕方だった。

「先輩早いわね！」

「可愛い瑠美ちゃんの為だからね」と電話口で笑う小磯。

「お世辞でも嬉しいわ！　何か判りましたか？」

「黄が日本に来たのは十年前だったよ」

「たったそれだけ？　他には？　何処に住んでいたとか？　何故日本に来たとか？　日本で何をして暮らしていたとか？」とまくし立てる。

「そんなに簡単に判るか！　台湾で何をしていたとか？　日本で何をしていたとか？　短時間では無理だ」

「じゃあ、何処に住んでいたとかは？」

「調べて見るよ」で電話は終わった。

瑠美は俊郎に水田朋子が最後に会った人物が俊郎だと決めつけて話しをしていたので、俊郎は、自分が水田朋子の失踪の原因か？　事件を引き起こしてしまったのか？　と責任を感じていた。

「私は、朋子さんの失踪と結城さんは関連があると思っています」

「でも、自分は美羽さんと黄の馴れ初めを確かめたかっただけですよ。美羽さんが何故熱海の駅で急に消えて音信不通になったのか？　それが未だに私には喉に突き刺さった棘の様に残っているのです」

「美羽さんが結城さんの前から突然いなくなったことは、清水さんとか須藤の叔父さんにも聞きましたが、若い女性の気まぐれなのでは？　といっていました。私も最初はそう思いましたが、何か本当の理由があるのかも知れませんね」

「それは、何ですか？」

「まだ判りません。朋子さんの失踪が黄さんに関係があるのなら、結城さんと美羽さんが別れた事にも関係があるのかも知れません」

「それなら、私もシルバー人材派遣の仕事をしている場合では無い、事件を解明したいです！」

「遠方ですから、無理をされなくても、経過はお知らせしますよ」

「私は、妻も子供もいない寂しい老後ですから……。私に妻と子供が亡くなった悲しみを癒やしてくれたのは美羽さんなんです。美羽さんの事が心配です。」

「今でも……」と言葉を濁す瑠美。

「もしも、私が水田さんに会った事が原因で、殺されていたらと思うと、自分の未練が水田さんを殺した気がして耐えられません」と言い始めた。

「まだ殺されたとは……、そんな事は無いと思いますが……」と瑠美は言葉を詰まらせた。


翌日、俊郎が意外な事を電話してきた。

それは、黄博向が東京で住んでいるアパートに昔行ったと言うのだ。

瑠美はそのことを小磯に頼んでいたが、中々連絡が無いのに何故結城さんが知っているのか不思議だった。

俊郎は美羽と連絡が出来なくなってから、美羽のフェイスブックを見ていた時に黄の存在を知ったのだと。フェイスブックの一連の会話からこの黄が美羽の彼氏だとわかり、黄のフェイスブックを覗き見して住所を知り、アパートを見に行ったのだと話した。

ここまでの俊郎の思いに、瑠美はどうしても一緒に事件を調べたいと言う俊郎を断り切れなかった。

数日後俊郎と瑠美は東京で待ち合わせて、俊郎が昔調べに行ったと言う川崎のアパートを見に行く事になった。

俊郎は大きな旅行鞄を持って東京駅で待っていた。

その姿を見て瑠美は、長期覚悟でいるのだな、朋子の事件の解決よりは当時の真相の究明に来た様だと思った。

東京駅のコインロッカーに鞄を預けると、二人は川崎に向かった。

「驚きますよ！」アパートに近づいたとき時俊郎は瑠美に急に話しかけた。

「驚く？」意味が判らずに聞き直す瑠美。

「驚く程古くて汚れたアパートで、一部屋に数人の男性が住んでいたのを覚えています」「大丈夫です、記者の取材ではホームレスの処にも行きましたから」と微笑む。

「あれです」と指を差した先には、古ぼけたアパートが見えた。

丁度その時、数人の男がアパートから出て来た。

すると突然俊郎の前に瑠美が歩み出て「すみません！　お聞きしたい事があります」と大きな声で言った。

その積極さに驚いた俊郎だった。

十三話　優しい人

「何ですか?」外国訛りのある言葉で、瑠美の呼びかけに答えたのは三十歳位の男性だった。他の男達には日本語が理解できないのか、横の男に尋ねている者もいた。

「この女性をこの辺りで見ませんでしたか?」いきなり朋子の写真を見せた。

日本語のわかる男が写真を受け取ると、一緒にいた男達に見せた。

首を振って反応をする男達を注意深く瑠美は見ていた。

瑠美が今度は別の写真を出して見せ「黄さんって言う人よ、知りませんか?」と尋ねていた。

「台湾の人?」首を振って知らないと男達は答えた。

男達と別れると瑠美が「もう随分前でしょう?　今の男の人達は最近来た人が多いから、知らないのよ!　日本語もまだ判らなかったみたいだし」と話した。

「ここに来たけど、成果は無かったですね」と寂しそうに俊郎が言うと「そうでもないと思いますよ、彼等が行く食堂とか、この辺りのお店を調べて見ましょう」と近くを見渡し、目に入ったコンビニに向かった。

コンビニに入ると新聞社の名刺を差し出して、朋子の写真と黄の写真を若い店員に見せた。

「ちょっと待ってください。今、奥さんを呼んできます」とその店員は奥のバックヤードに入って行った。しばらくして年配の女性が奥から出て来た。

挨拶をして写真を差し出すと「あっ、この人黄さんよね、懐かしいわね」と写真を見ながら
「今は何処に住んでいるの？　台湾に帰ったの？　違うわね！　記者さんが尋ねていると言う事は事件？　黄さんが事件に巻き込まれたの？　優しい人だったけれどね」と一気に喋った。

「ここに来られていたのは、随分前の事ですよね？」と瑠美が訪ねた。

「そうね、最後に会ったのは何年前だったかな？……」

「そうだわ！　何年前かは覚えていないけど、確か夏の終りだったかな？　何処かの海水浴に二人で行ったって、水着で仲良く写った写真を見せてくれたわ。綺麗な子だろう？　と自慢して。品川総合病院の看護師さんだって言っていたわね。それくらいからか、ここには来なくなったわね！」

俊郎には聞きたくない話だった。自分と付き合っていた時期に黄と海水浴に行く程の仲になっていたのだと思った。

「他に、黄さんの事で何か覚えていませんか？」

「優しい人だったわね、同郷の先輩が入院して、知り合いがいないので自分が介抱していると話していたわ」

「じゃあ、それが品川総合病院ね」瑠美が目を輝かせて尋ねた。

「そうそう、その病院で美人の看護師さんと知り合った様よ」

「黄さんは日本でどの様な仕事をされていましたか？」

「初めは日本語が判らないから苦労していたわね、そうよね…」と昔を思いだしながら「最初は運送屋の助手をしていたけれど半年程で辞めて、その後は色々な仕事を転々としていたわね」と話をしてくれた。

二人はコンビニを出ると、近くの食堂を捜して回ったが、既に十年以上前の事なので黄のことを覚えている人は見つからなかった。

「結城さん、品川総合病院に行ってみましょう」

「病院？　昔は、美羽さんのいる病院には行きたくても行くことができませんでした」

「美羽さんと別れてからも会いたかったのですね」

「はい、急に連絡が出来なくなったので、心配で尋ねて行こうと思ったのですが、美羽さんからの電話で無事を確認しただけで、それを最後に連絡がとれなくなりました」と苦笑いをした。

病院に向かった二人は、ここでも新聞記者の名刺が威力を発揮して、すぐに話を聞いてもらえた。

「どの様なご用件でしょうか？」

「昔ここに勤められていた松藤さんの事と、この方の事をご存じの方を教えて頂けませんか？」と黄の写真を見せた。

「実は、この方とお付き合いのあった女性が行方不明で捜しています」と言うと、「少々お待ちくださいい」と何処かに電話をしてくれた。電話を切ると「五階のナースステーションで、看護師長の福島に尋ねて下さい」と言ってくれた。

二人は五階のナースステーションに向かった。

「黄さんの写真を何処で手に入れたのですか？」俊郎は疑問に思って瑠美に聞いた。

「この写真は、水田朋子さんのマンションにありました」と瑠美はニコリとした。


五階のナースステーションに着くと、師長の福島という年配の看護師が待っていた。

「松藤さんは、結婚されてこの病院にはいませんよ」

「それは知っています、この方と結婚された事も知っていますか？」と黄の写真を見せる。

「この方は御主人ね！　私結婚式の写真とお祝い返しを頂きましたから。何をお聞きになりたいのですか？　何か事件でも？」と心配そうな顔をした。

「事件ではありません、今回国際結婚の特集を書く事になりまして、地元の方から推薦を頂きましたので、取材に参りました」

「東北支社の特集記事に載るの？」笑顔になる福島。

「地方版です。来月載る予定ですが、私の記事が取り上げられるかまだ判りません。本人には決まってからこちらから連絡しますので、内緒でお願いします」

「でも誰が推薦したのか知りませんが、新聞に載るって凄いわ！　確かに松藤さんが惚れたのは仕方が無かったのかも知れないですね」と話し出した。

同じ台湾から日本に来ていた先輩が白血病で入院をされて、身寄りのない先輩を、黄さんが献身的に看病をされていて、その方が亡くなると、お葬式も行って、最後は遺骨を台湾の母親の元に送ったのだと。またその看病から最後までを一緒に見ていたのが松藤美羽さんだったと話をした。

そして、福島師長はこれが台湾の母親から届いた礼状ですと、引き出しから出して見せてくれた。

誰かに頼んだのだろうか、日本語で御礼の言葉が書かれていた。

「陳美麗さんとおっしゃるのですね」と葉書の差出人を見て瑠美が言った。

「その方は高齢で、神経痛の持病もあった様で日本に来られませんでしたね。息子さんは随分前に日本に来られて、日本の女性と結婚されていたのですが、離婚されて一人だったので、黄さんが肉親以上に良く看病されていました。そんな姿に松藤さんは感動したのだと思いますね」

俊郎は、福島師長の話を複雑な心境で聞いていた。

自分と付き合いながら、徐々に黄に惹かれていったのか？　それで何も告げずに急に消えたのか？　彼が河津桜に付いてきた事が、それ程の衝撃だったのか？

でも、九州には飛行機で一緒に来たのだから、美羽には内緒では無いと思う。

九州と河津桜の場合の違いは何？　と考えていた。


瑠美が「当時この病院で松藤さんの一番仲が良かったお友達をご存知ですか?」と尋ねた。

「その看護師は、この病院を辞めましたね」

「お名前と、住所は判りませんか?」と尋ねると、福島師長は自分のロッカーに行って、葉書の束を持って来た。

その中から一枚の葉書を見つけて「里田祐子さん、病院を辞めた後、この礼状が届いた時は東京の立川に住んでいたわ、その後は届かないから判らないわね！　そういえば府中総合病院に勤めていたと聞いたことがあるわ」と教えてくれた。

俊郎は「里田祐子、祐子、祐子…」何処かで聞いた名前だと記憶を辿っていた。

十四話　親友の死

「結婚されて里田祐子さんですよ、旧姓は小島さんよ」と福島師長が俊郎の呟きを助けた。

「小島祐子さん！　思い出しました！」と嬉しそうな顔になった俊郎に「記者さんのお知り合い？」と福島師長が不思議がった。

瑠美は慌てて話を誤魔化し、二人は、取材のお礼を言ってその場を後にした。

「助かりました、もう少しで我々が偽の新聞記者とばれてしまう処でした」

病院を出ながら俊郎が瑠美に礼を言った。

俊郎が、昔美羽と小島裕子を姫路城に案内したことがあると説明して、瑠美は俊郎が何故小島裕子を知っていたのかを理解した。

「それなら、小島さんが居たという府中の病院に行きましょう、何か判るかも知れません」

二人は電車で品川から東京駅に戻りコインロッカーから俊郎の鞄を取り出すと、府中総合病院のある立川に向かったが、既に日が暮れていたので、今日はこの町で泊り明日病院に行くことにした。

翌日、二人は府中総合病院に向かった。

「里田祐子さんはいらっしゃいますか?　ここにお勤めだと聞いてきたのですが?」瑠美の質問に「もう里田さんは随分前に、退職されていますよ」と係の人が調べて答えた。

「自宅は判りますか?」

「当時の住所なら判りますが、今もそこにお住まいかはわかりませんが?」と言われた。

当時の住所を教えてもらえたので、取り敢えず行く事にした。

里田裕子の自宅は、八王子駅から車で十分程のマンションだった。

覚悟はしていたが、マンションには里田の形跡は全く無く、近所を尋ねても知る人は皆無だった。

マンションは隣の住民も疎遠にするようなコンクリートの箱の様相だった。

「暗礁に乗り上げましたね」俊郎は瑠美にため息交じりに言った。

「里田さんと美羽さんは親友だったのでしょう?　同じ品川総合病院に勤めていたのに、何故府中に変わったのかしら?」

「そうですね、私の家に来た時も二人はとても仲が良かったのに、同じ職場……結婚相手が府中に近かったのですかね?」

「そうかも知れませんね、里田さんの実家を聞いてくるのを忘れましたね」そう言って府中総合病院に電話をする瑠美。

しばらくして「実家は判らないって、でも高山に帰るって聞いたことがあるそうよ」

「きっと実家が高山なのよ！　行って見ましょう！」

「高山って言っても広いですよ！　里田か小島の名前だけでは判らないですよ」

瑠美の無鉄砲な行動力にあきれてしまう俊郎だ。

「大丈夫、新聞社の同僚が偶然そこにいるのよ！　渡辺美佐さんって言う人なの、早速聞いて見るわ」

張り切って電話をする瑠美の声が徐々に落ちて、最後に「とにかく行くわ！」と言って電話が終わった。

「どうしました？」俊郎が尋ねると
「里田夫婦はもう亡くなっているそうよ」と力無く答えた。

「夫婦が亡くなった？　二人共？」驚く俊郎。

「そう、車の排気ガスによる中毒死らしいわ！」

「高山で？」俊郎が尋ねているが、瑠美は既にマンションを離れて考え事をしている。

「実家の車庫で何故？　亡くなったの？」独り言の様に言いながら、通りがかったタクシーを止める瑠美。

「おじさん、行くわよ！」タクシーに乗り込むと「事件の臭いがしてきたわ」瑠美が今度は半ば嬉しそうに話す。

「四年前の八月十日だって！　里田夫婦が亡くなった日」瑠美が口走る様に話した。

俊郎は直ぐに手帳を出して「その日は美羽さん、日本にいませんね」と瑠美に伝えた。

瑠美は俊郎が一番に美羽の事を心配して、調べていたのか？　まだ心の何処かに残っているのだと思った。

「何処に行っていたの？　美羽さん」

「台湾に友達と旅行ですね、台湾？　友達？　これは今考えれば黄さんと一緒にですよね！」

「その様ですね」

「春先から、中国語を勉強していましたから、間違いないですね」

俊郎の言葉は半ば嬉しそうに聞こえるが、横顔を見ると昔を思いだしたのか悲しそうな表情をしていた。

自分と付き合いながら、台湾の恋人と旅行に行っていた事実は衝撃だったのだろう。

しかし、今の話が本当なら黄さんも美羽さんも高山の車庫の事故には関与出来ないので、事件では無く事故の可能性が高い。

それでも、瑠美は事件性があると感じるのだが、一番の親友を殺害するなんて考えられないことだとも思った。

「おじさん、高山に行くからもう一泊になるわよ」

「私は、朋子さんの消息が判明するまで付き合いますよ！　今までに死者が三人も」

「三人？」と瑠美が聞き返す。

「関係者で亡くなった人ですよ」

「朋子さんはまだ…」俊郎の決めつけた言葉に驚いて言葉を失う瑠美。

「違いますよ、里田さん夫婦に白血病の先輩で三人でしょう？」

「里田さんは府中総合病院には、短期間の在籍だったから殆ど知り合いもいなかったでしょうね」

その様な話をしているうちに、タクシーは八王子駅に到着した。

「特急あずさがもう直ぐ来るわ、それに乗りましょう」瑠美が掲示板を見て、急いで切符を買った。

座席に座ると俊郎が「私の人生の節目に台湾人がよく登場しますよ」と窓の外を見ながら言う。

俊郎は遅い昼飯に駅弁を買って瑠美に渡しながら、しみじみと話し始めた。

「美羽さんと別れたきっかけも台湾人、私から家族を奪ったのも台湾人でしたよ、偶然でしょうかね」弁当の包みを開きながらぽつりと喋る。

「そうだったのですね、随分昔でしょう?」

「はい、もう十年以上も前ですよ、妻が実家に子供を連れて遊びに行きましてね、テーマパークに妻のお父さんが車で連れて行って下さって、帰り道渋滞に巻き込まれて深夜の帰宅になってしまって、義父は焦って運転をしていたのと、深夜で車が少なかったので油断したのでしょう。信号無視で交差点に……大型トラックと激突でした。即死だったと警察の人が教えてくれました」

「じゃあ、その相手の運転手が台湾の人だったのですか?」

「そうです!　日本に来て長く日本語も流暢な男でした。大型の免許を持って長距離の運転手をしていた人でした」

「そうだったのですね、その様な事があると今回の事も因果を感じますよね」

十五話　飛騨高山にて

「今でもその台湾人を見れば思い出しますか?」

「はっきりと覚えていますが、目撃者の証言もあり、警察が義父の信号無視が原因だと決めたので、どうする事も出来ませんでした」

「一瞬で家族を全て失った辛さは、口では言い表せませんよね」

「でも、その寂しさを紛らわしてくれたのが松藤美羽さんでした」

「定年前の寂しい時期を美羽さんに癒やされたのね」

「その美羽さんも台湾の人に奪われた訳ですが、自分の年齢を考えれば、それも致し方無いです」駅弁を食べながら俊郎の過去の話に、寂しさを感じる瑠美。


二時間程で松本駅に到着した二人はバスターミナルに向かった。

瑠美は、ここから約二時間半、夕方には飛騨高山に到着するので、電話で友人に旅館の手配を頼んだ。

バスはほぼ満員状態。他のお客さんと席が近いので事件の話は止めようと決めて、二人は少し眠った。

夕方到着した高山のバスターミナルに瑠美の友人渡辺美佐が車で迎えに来ていた。

美佐は名古屋支社に所属している東邦日報の新聞記者だ。美佐の御主人は下呂温泉旅館の三代目で美佐が温泉の取材に行った時に知り合って結婚したのだ。

記者の夢を捨てきれなかった美佐は、結婚後も高山に住んで地方の記事を名古屋支社に送っている非常勤の記者を続けていた。

奇しくも里田夫妻の記事は美佐が最初に書いた記事だった。

「美佐、お久しぶり」

「瑠美も元気そうね」バスから降りてきた瑠美に手を振って出迎えた。

「新聞社を辞めて、今では探偵稼業よ！　こちら結城俊郎さんです」俊郎はお辞儀をして挨拶をした。

「旅館の車ですが、どうぞ！」下呂温泉旅館清水の看板付きの車に案内をした。

「姫路から東京経由で、ここまで来てしまいました」俊郎は微笑みながら車に乗り込んだ。

「でも、偶然だわ！　私が初めて高山で書いた記事の主人公を、瑠美が探しに来るなんてね」

「電話でも聞いたけど、本当に事件性は無かったの？」

「明日、里田さんの実家に連れて行くわ、私は事件の可能性を感じたのだけど、警察は単なる事故で処理をしたのよ」

「美佐は何処が変だと思ったの？」

「死因は一酸化炭素中毒。お酒で酔ってクーラーをつけたまま眠ってしまった事が原因と警察は事故として処理をしたの。車の中でお寿司を食べてお酒を飲んでいたようなの。確かに車の中にビールや酎ハイの缶が散乱していて、近くのコンビニでお酒を買ったのも確認がされているようだけど。だからと言って、自宅に戻ったのに部屋に入らずに酔っぱらうまで車の中で飲んだりする？　それもわざわざガレージのシャッターまで閉めて。事故と処理するなんて、あまりにも安易すぎるとは思わない？」と美佐は、ここぞと自分の思いを伝えた。

「要するに、冷房を利かすためにエンジンをかけたまま、寿司を食べてお酒を飲んだのですね、車庫のシャッターを閉めていたので排ガスによる一酸化中毒で亡くなった？」と瑠美。

「正解よ、発見された時は、車の燃料は無くなっていたから、一晩中排気ガスの中で寝た事になるのよ」その様な話をしながら二人は、下呂温泉の清水旅館に到着した。

温泉に入って夕食を食べながら「事件性は少ない様ですね」俊郎が言うと「美佐は少し事件性を感じたと話したでしょう？　何か疑問に思ったのよ！　昔から彼女小さな事に拘るけれどね」瑠美は箸を止めて話した。

「今夜もう少し詳しく聞いてみるわ」

美佐と一緒の部屋に泊まる予定なので、疑問点を聞きたい瑠美だった。

俊郎はしばらくして、別の部屋に案内された。一人暗闇の庭を眺めていると、昔この近くにも美羽と旅行に来た記憶が蘇って来た。

「結城さん！　ここって混浴って書いてあるわ！　恥ずかしい」そう言って嫌がる美羽もお酒を飲んで勇気が出たのか？　「水着着用なら、入りましょう」と率先して入った。

庭園の様な広い露天風呂は、男女の入り口は別々だが、中は一緒になっていた。流石に女性は高齢の客だけだったが、そこに美羽が入ったので、直ぐに男性に取り囲まれてしまった。

俊郎が連れだと判ると、男性達は遠巻きの状態に変わり「お父さんと一緒か？」「彼氏と来たのかと思った」とか勝手な事を話して、美羽の姿を見ていた。

俊郎は自分が彼氏だとも言えずに、美羽の側に浸かっていた。

部屋に戻ると美羽が「彼氏だと言えば良かったのに」と微笑みながら言った。

あの頃が一番幸せだったな！　暗闇の庭を見ながら俊郎は苦笑いをしていた。

幸せな時は気が付かなかったことが、時間が経過してあの時が幸せだったと感じるものかも知れないと思った。

それにしても、水田朋子さんは何処に消えたのだろう？　黄夫妻が関与しているのだろうか？

美羽さんは黄と水田の関係を知っているのだろうか？

俊郎は久々の温泉に来たのだから、寝る前にもう一度温泉に入ろうと思い大浴場に向かった。

湯船に浸かるとしばらくして、隣の女湯に聞き慣れた声が聞こえた。

瑠美さんと美佐さんの声だ。

それ程大きくない旅館なので、大浴場と言っても小さく夜中の浴室の声がよく響いた。

「一緒に来た人には気の毒だけれど、殺人事件なら完全に黒ね」

「六年も付き合っていたのなら、殺人者だとは考えたくないでしょうね」

「里田夫妻の件も話を聞いている限りでは、黄夫妻が怪しいけど、その時台湾にいたので犯行は無理よね」

「でも何故親友の里田祐子さんを殺すの？　動機が判らないわね」

「そうなのよ。それと黄が水田朋子を殺す動機は不倫？」

「そんな事で殺す？」

「浮気での殺しは無いわね、割が合わないわよね」

二人の会話は、どうやら里田夫婦を誰かが殺したと想定しての会話の様だった。

流石新聞記者だ！　話を作るのは上手だと感心して聞いていた俊郎だった。

十六話　事件の臭い

俊郎は過去の記憶を捜していた。

美羽が親友小島祐子の事故死の話を自分に一度もしなかった事を思いだした。

一緒に姫路に来た仲なのに、結婚の事も事故死の事も話してくれた記憶は皆無だった。

あれ程仲が良かったのに、二人の間に何か起こったのだろうか？　と考えていた。


当時祐子は美羽が黄と付き合うのに反対をしていたのだ。

その為に二人の仲は険悪な関係に変わっていた。

初めて会った時から黄に対して良い印象を持っていた美羽と悪い印象を持っていた祐子は、事有る度に言い争う様になっていった。

祐子が、美羽が黄と付き合うのを反対するのは、黄が台湾でネズミ講の様な仕事でお金を儲けていたと聞いたからだった。

黄は、病院では誰にでも気軽に話しかけたり、食事に誘ったりするような気さくな人だった。

最初は同じフロアーの看護師数人と一緒に食事に行っていたが、徐々に黄の目当てが美羽だと看護師の間では噂になっていた。

「美羽、黄さんは外国人だし、台湾ではネズミ講の仕事をしていたらしいから、本気で付き合うのは止めた方が良いわ」とある日祐子が言った。

「外国人の何処が悪いのよ！　私には病気の弟がいるのよ！　将来面倒を見てくれるなら外国人でも良いと思うわ！」

「外国人が悪いとは言っていないわ。でも、人を騙すような仕事をしていた人よ。それに今はお金も持っていないらしいわ」

「今は、日本で真面目に仕事をしているわ。それで良いじゃないの？　過去の事は気にしないないわ。それにとっても優しい人だもの」

「美羽！　弟の事彼に話したの？」

「少し話したわ！　充分理解してくれた。だから良い人だと思ったのよ」

「ほんとう？　日本語もまだ良く判らないのに、そんな難しい話判るの？」

「貴女には彼の良さがわからないのよ。私にはやさしくて良い人よ！」

「まだ、関係にはなっていないでしょう？　よく考えてから決めるのよ！」

「私が結城さんと付き合うのには反対しなかったのに、何故黄さんの事は反対するの？　あのお爺さんが良くて、若い黄さんが何故駄目なのよ！　意味が分からないわ」

「歳のことは関係ないでしょ！　人間的にどうか？　という話でしょ。やっぱり黄さんの過去が気になるわ、それに、貴女も結城さんは良い人だと言って、付き合い始めたじゃないの？色々な処に連れて行って貰ったし、いろんな物をいっぱい買って貰って幸せそうだったじゃない」

「あの人は、私の身体が目当てなのよ、あの人が独身でも決して結婚の対象にはならないわ！小金を搾り取るだけよ」

「お金目当てで付き合っていたの？」

黄と付き合いだして美羽の態度が一変した事を感じ始めた祐子だった。

そして、美羽は結城との事を黄に話しているとも思った。


その後しばらくして、黄と美羽は関係を持ってしまい、それを祐子に窘められて、二人はついに決別状態になった。

その後祐子は結婚の話と同時に品川総合病院を辞めて、立川に住む為に府中総合病院に転職をした。

美羽と黄は七月に千葉に海水浴に一緒に行ったり、八月には台湾にいる黄の両親の元に挨拶に行ったりと仲の良さが益していった。

その最中、里山祐子は盆休みに行った主人の実家で不慮の死を遂げたのだ。

流石の美羽もこの事件には言葉が無かったが、絶交状態の為、仏壇にお参りする事も無かった。

美羽は黄との結婚を、実家の両親に大反対され、結局結婚するまで二年近く要した。


翌日、三人で里田の自宅に向かうが、事件の起こった車庫は取り壊されて空き地となり、実家も更地に変わっていた。

「いつ、壊したのかしら？」

美佐が言うには、去年までは実家には誰も住んでいなかったが家は存在していたとの事だ。

隣の家に尋ねに入る美佐、しばらくすると戻って来て「お母さんが去年亡くなられて、不動産屋の所有物になったので、取り壊された様ですね」と説明した。

瑠美が「事件当時の事を尋ねても良い？」と急に言うので、再び隣の家に二人で行った。

瑠美が挨拶をして「あの事故の前後に何か変わった事ありませんでしたか？」と聞くと、その年配の女性は、不思議な事を聞かれたと怪訝な顔になったが「確か事故の前日、奥さんが、明日息子が嫁を連れて戻るのだけれど、日が良いので出産祝いを持って今日から長女の処に出掛けるのと言っていました」と話してくれた。

「長女さんは何処に嫁がれていますか？」

「確か、西の方です。岡山だったかな?」

「遠いですね」

「それで二泊されたのだと思いますよ、帰られた時の姿は今でも忘れません」

「それ以外に何か?」

「運送屋さんが来ていましたね、何か荷物を持って来た様で、私が買い物から帰って、今日は留守ですよと伝えると、慌てて帰って行きました」

「運送屋?　、宅配便とかの運送屋ですか?」

「違いますよ、大きな荷物を運ぶ車でした」

「大きな車ですか?」

「普通の宅配の車よりは大きな車でした」

「何か荷物はご覧になりましたか?」

「いいえ、私が帰るまでどれ程停まっていたのかわかりませんが、留守だというと急いで帰っていきましたね」

「運転手さんの顔はご覧になりました?」

「はい、言葉も二言三言交わしましたよ」

瑠美は黄の写真を見せて「この人でしたか?」と尋ねてみた。

女性は大きく首を振って「もう少し年配だったと思います」と答えた。

「その運転手の事で覚えている事は他にはありませんか？」

女性はしばらく考えて「そうですね、この辺りの人では無いと思いましたね、言葉のイントネーションが違いました」

それを手帳に書き込む瑠美に「今頃新聞社さんが、古い事故の事をどうして聞かれるのですか？」と逆に尋ねた。

「私は事故では無く事件と疑っています」瑠美が急に背筋を伸ばして言った。

すると「今頃になって事件？　じゃあ殺人事件って事ですか？　警察が来るの？　困るわ」と迷惑そうな顔をした。

「まだ、新聞社としての取材段階ですから、警察は動きません」

「そう？　あの時も警察が何度も来て困ったのよ！　でも貴女の様に前日の事を尋ねた刑事さんはいませんでしたよ」

三人はその女性に御礼を言って車に戻ると瑠美が「やっぱり事件の可能性があるわね」と言った。

十七話　不審な点

「私も、そう思います」と美佐も言う。

「里田さん夫妻は殺されたのですか？」と俊郎が質問した。

「運送屋の言葉！」二人が声を揃えて同じ事を言った。

だが今となっては、その運送屋が誰で何をしにここに来たのかを知る術は残されていない。

ただ、二人はその運送屋が黄の知り合いではないかと思ったのだ。

言葉のイントネーションが変だと思った隣の女性は、外国訛りの日本語だったが、外見は日本人に見えたので、何処かの地方訛りと解釈したのだと思った。

では里田夫妻を殺した動機は？　それが全く判らないのだ。

「瑠美さんこれからどうします？」

「警察に行ってみたい、何か資料を見せて貰えないかしら？」

「行きましょう」新聞記者はこの様な時は非常に便利だと瑠美は思う。

三人は高山警察署に向かった。

「あっ、東邦日報さん」と美佐を見て声をかける署の職員。

「的場さんいらっしゃる？」と尋ねると天井を指さす職員。

「屋上？」と聞くと頷いたので、三人は階段で屋上へ上った。

屋上のベンチに座ってタバコを吹かしている中年の男に「的場さん」と美佐が呼びかける。

「若女将、旅館の仕事をさぼって、また新聞記者か？」的場が美佐に言う。

「昔の事故の資料を見せて欲しいのです」

「どの事故だ！　排気ガスで亡くなった夫婦の事故か？」

「はい、東北の支社の人が見たいので、お願いします」

「お前さんも熱心だな！　まだあの事故に執着しているのか？」

「はい、今日新たな証言が出ました！　殺人事件の可能性があります」

「馬鹿な事を言うな、あれは事故だ！　車の中で酒を飲んで眠ってしまったのだ」

「違います、前日不審な大型トラックの運送屋が自宅の前に長時間停車していた事実が判ったのです」

「運送屋が来ても不思議では無いぞ！」

「でもあの場所なら、不自然です」と横から瑠美が口を挟む。

「誰だね！　あんたは！」瑠美を見て尋ねる的場刑事。

瑠美と俊郎を紹介する美佐、いつの間にか俊郎も新聞記者になっていた。

押し問答の末、的場が折れて事故の資料の閲覧をさせて貰うことができた。

車の中で眠った様に死んでいる二人の写真。死亡時胃の中には寿司が完全には消化されずに残っていた事が資料で判った。

「何か不審な点でも見つかったかな？」的場が尋ねると瑠美が「不審な点が無いのが不審です」と意味不明の言葉を発した。

「この寿司はこの辺りでは有名な寿司屋の品物よ！　普通は店で食べるのに何故車の中で食べたのか？　私は当時から疑問に思っていたのよ」と美佐が話した。

「酒が飲めないからだろう？　事実近くのコンビニで酒を買っている、袋があるだろう」

「本人が買ったのですか？」瑠美が問い詰める。

「それは判らない、監視カメラには似た人物が写っていたけど、顔までは判らない」的場刑事が答えた。

しばらく資料を閲覧して、三人は帰っていった。

的場刑事は瑠美の指摘した事に多少の不安を感じた。

前日大型の運送屋が家の前の空き地に止まっていた事は、的場は全く知らなかった。

的場も確かにすべてが不自然な事だとあらためて思った。車庫で寿司を食べた事、酒を飲んだ事、自宅は開けた形跡が無かった事。

だが、今更再捜査をする気分にもなれない的場刑事は、事件を忘れようとした。

「この資料には、里田夫婦が都寿司を買った事が記載されていないのよ、誰かに貰った？」車の中で美佐が話すと「本当に都寿司を食べたのかな？」瑠美が変な事を口走った。

「瑠美さんは二人が食べて無いと言うの？」

「でも解剖で寿司が…」と言葉を濁す美佐。

「警察では寿司屋の特定は無理よね？　美佐さんの疑惑が的中しそうね」

「でも何故瑠美は都寿司にこだわるの？」

俊郎が「二人の話を要約すると、里田夫妻は殺害された。前日に来た運転手は台湾人だったと？」と言った。

「そうね、でも何処にも証拠は無いし私達の想像だけよ」と美佐が言うと、
瑠美が「それをこれから突き止めるのよ！　里田夫妻を殺す動機が必ず何処かにある筈。そして朋子さんの失踪の手掛かりになるわ」と言い切った。

しかし、もう随分前の事件が、今失踪している水田朋子と関係があるのかさえも微妙だと俊郎は思った。

「私は病気の南が、高山の事件に関係している様な気がするのよ」と瑠美が話した。

「黄の先輩で白血病の人ですね、でもその当時病気だったのでは？　私が美羽と別れたのが二月で、里田さん事件がその前年の八月、美羽さんが私の事を黄に教えたのは年明けか、年末だ

と思うのです。九州に一緒に来たのですからね」

「自分の好きな女性が別の男性と旅行に行く事に抵抗は無いのですかね?」

「心配だから尾行してきた?」

「結城さんは彼女に金銭的な援助をされていましたか?」

「そうですね、交通費とか必要ですから、毎月小遣いを渡していましたね」

「失礼ですが幾らくらいですか?」

「五万円程度の小遣いを渡していましたね」

「五万円ですか?　彼女には貴重な収入源になりますね」

「そうよね、二十代の女性に五万円の臨時収入は助かりますよ」美佐も同じ様に言った。

「結城さんと美羽さんが別れた原因は、黄さんが別れさせたのでは無いですね、少なくとも別れる数ヶ月前から関係は知っていたと思いますから」瑠美が推理を話す。

　続けて瑠美は「結城さんには申し訳無いですが、美羽さんがお付き合いを続けていたのはお金が目的の可能性が高いですね、唯二月に突発的に結城さんと付き合えない事情が起きた」

「それは?　何ですか?」俊郎が不安な目で瑠美を見た。

十八話　親友の謎の死

「例えば、黄さんが結城さんを知っていたとか?」美佐が言うと
「私は、台湾人に知り合いはいません」と俊郎は苦笑いで言う。

「交通事故。奥様と子供さんが台湾の人に…」

「そうです!　でもあの黄さんではありませんよ、もう少し年配の男で陳という名前の男でした」

「陳という名前多いですよね、私の知り合いにもいますよ」と美佐が言った。

美佐に里田夫婦事件の調査を頼み、瑠美と俊郎は品川総合病院に南と言う白血病の人が、いつ亡くなったのか確かめるために高山を後にすることにして、美佐にバスターミナルまで送ってもらった。

バスは結構空いていたので、最後尾に座った。

「高山の事が殺人なら共犯者がいると思うわ」

「黄はその事件にかかわっていたのでしょうか?」

「それは判らないけれど、昔黄が住んでいたアパートに行ったとき、日本に来た台湾の人が集

団で行動するのを見れば、お互いが助け合って生活していたと思うわね。だから、何かしら知っていたと思うわ」

「同類相哀れむといった心境になっていたかも知れないですね、南さんは先輩ですからね」

俊郎は瑠美に、自分と美羽の思い出話をして昔を懐かしみながら東京に向かった。

「本当に美羽さんに癒やされていたのですね」

俊郎の美羽との楽しかった話を聞かされて、瑠美は本当に結城さんが失意の底から脱出出来たのは、美羽さんのお陰だったのだと思った。

だから、美羽さんがお金目当てで俊郎さんと付き合っていたと分かった今でも、美羽さんのことが心配なのだろうと理解した。

東京に着くと、明日もう一度品川総合病院での、美羽さんと黄の関係と南の事を調べる事にして、ビジネスホテルに宿泊をした二人だった。

翌日の朝早くに瑠美の携帯が鳴り響いた。

「朋子の母ですが、朋子のパソコンの中に脅迫文を見つけました！」と母の文恵が慌てて電話をかけてきた。

「朋子が誰かに宛てた脅迫文だと思います。昨夜、弟が朋子のパソコンの中に見付けたのです」

「何と書かれていますか？」

「貴方達の結城さんに関する秘密は知っています、逃げられませんと書いてあります。」

「前後には何も書かれていませんか？」

「何もありません、結城さんって関西の方ですよね」

「誰に宛てた物か？　結城さんの秘密って書いてあるだけでは判断できませんね」

瑠美は朝食の時、俊郎に今朝電話で聞いた脅迫文の話をすると「貴方達？　複数の人ですよね、私に関する秘密？　私に秘密なんてないですよ、変な文ですね！　それで脅迫になるのですか？」

「結城さんに関する秘密です。結城さんが知らないところで、結城さんに関する何か重大な事件が起きていたのではないでしょうか？」

「この文章は、多分相手を揺さぶろうと書いたのだと思いますよ、これを送る事によって相手が動揺して動くと期待したが、別の結果が出てしまった」

「でも送り主も宛名もありませんよ、その脅迫文から何か判りますか？」

「貴方なので、相手は複数人である事は間違いないです。例えば夫婦とか？　それが黄夫妻に送っていたとしたら…」

「朋子さんは、何か掴んでいたのですかね？」

「何かを掴んでいたのかもしれないわね。でも、朋子さんには確信がなかった。だから確かめるために、揺さ振りをかけたのかもしれない。それが逆に相手がすごい不安感を持つことになり、よからぬ行動に走った可能性があります」

「須藤さんの頭の中では、完全に犯人は黄夫婦ですね」

「でも朋子さんに危害を加える動機が判らないのよ。結城さんの秘密って、六年程付き合っていただけでしょう？　黄さんも知っている事だから…」と言葉を濁した。

瑠美は叔父の須藤に黄の水田朋子失踪時のアリバイを調べてくれる様に頼んで、自分達は品川総合病院で亡くなった南さんの知り合いが他にいなかったか？　を調べる事にした。

何故なら、里田夫妻が殺されているとしたら、黄夫妻以外に犯行を行った人物が必ずいるからだ。

二人は再び品川総合病院に向かった。

今度は古くから務めている看護師を捜し、再び新聞社の取材だと言って話を聞くことにした。

「何の取材ですか？」とナースステーションで尋ねる看護師達。

「国際結婚の取材をしています」と切り出す瑠美に「国際結婚？」「関係ないわ」と口々に言う。

「実はここに勤められていた松藤美羽さんの取材をしているのですが？　ご存じの方は？」

「何年前？」

「四年程前だと思いますが、台湾人の南さんと言う患者さんが入院されていたと思うのですが、その時の状況をご存じの方はいらっしゃいますか？」

「その方の病名わかりますか？」

「白血病だと聞きましたが？」

「ではここではなく、七階の病棟です」と言われて、二人は七階に向かった。

七階のナースステーションで、事情を話すと、当時の看護師は、結婚で辞めた人、他の病院に変わった人等が多く殆ど残っていなかったが、昔の事なら主任の安西さんに尋ねれば大抵の事は判ると教えてくれた。

二人は、安西看護師が巡回診に同行していると聞いたので、しばらく廊下で待つことにした。待っている時、新人看護師が来て「五年程前にこのナースステーションにいた看護師で、今この病院にいるのは二人ですね！　一人は安西主任でもう一人が小林さんです。でも小林さんは産休でお休みされています」と二人に教えてくれた。

しばらくして三十代後半位の安西主任が戻ってくると、二人の処に来て話を聞いてくれた。

「南さんが亡くなったのは、冬になる前だったと思いますよ」

「それでは里田さんの方が先に亡くなられた？」

「里田さん？　旧姓小島さん？　とても良い子で、みんなに好かれていました！　とにかく性格の良い子でした、夏前には結婚をしたことでこの病院を退職しました。それなのに御主人の実家に帰ってあの様な死に方をするなんて、信じられませんでした」

「松藤美羽さんととても仲が良かったと聞いたのですが？」俊郎が口を挟む。

「そうでしたね、一番仲が良く、松藤さんが旅行に行った時は必ずお土産を買ってきてくれると喜んでいました」

俊郎は、自分と一緒に旅をした時に、女の子が喜びそうな小物を毎回買っていた美羽の姿を思いだしていた。

十九話　見込み違い

「それが、松藤さんと黄さんが交際を始めたころから、二人は険悪なムードになっていきました」

「何故ですか？」俊郎が尋ねた。

「よく判らないのですが、小島さん、あっ里田さんの旧姓なので小島さんとよばせていただきますね。小島さんも黄さんの事が好きになっていたのかも知れません」

「でも小島さんは結婚されたのでしょう？」

「小島さんはお見合い結婚ですから、黄さんに振られた勢いで結婚したとも同僚が噂をしていました」

「入院されていた南さんの容態は？　里田夫婦が亡くなられた頃はどの様な感じでした？」

「最初は入退院を繰り返していましたので、夏にはどうだったか覚えていませんが、最初は小島さんと松藤さんが交代で担当していたと覚えていますよ」

「二人が南さんの担当だったのですか？」

「そうですよ、初めは仲良く担当していましたが、途中から険悪になって小島さんは担当を代わったと、そうそう、小林看護師と交代したと思います。この病院に勤めていますが、今は産休で休んでいます」

「そうですか」

「黄さんの他に南さんの所にお見舞いに来られた方はいませんでしたか？」

「黄さん以外には誰も来なかったと思いますが、松藤さんか小林さんなら知っているかも知れませんね」

「では後程、小林さんにもお話を伺いに行かせていただきます。お忙しい中ありがとうございました」

二人は病院を後にし、小林に話を聞くため電話で連絡を取り自宅で会うことになった。


小林の家は自由が丘の閑静な住宅街に在った。

電話で、新聞記者と言うと何か話がしたい感じに受けとれた。

出迎えた小林は三十歳程の小柄な女性だった。

二人を快く、応接間に案内してくれた。

小林は自分達に何か話をしたいのか？　何か聞きたいのかと瑠美は思った。

早速、里田夫妻の死に付いて尋ねてみた。

「祐子は私が担当を代わって直ぐに退職され、旦那さんの実家の高山に行かれた時に事故に遭われたと聞きました。松藤さんは、その時彼氏と台湾に旅行に行かれていましたね」

「南さんは退院されていましたか？」

「はい、七月の末に退院されて、再び入院されたのは九月のお彼岸の頃だったと記憶しています」

「南さんの容態はいかがでしたか?」

「秋から年末に悪化しましたが、八月は容態も良くなっていました。」

「南さんと懇意の方は黄さんだけでしたか?」

「そうですね、仕事関係の人は殆ど来られませんでしたね、台湾の女性が一人時々来られていました。亡くなられた時は気の毒な程悲しまれていました」

「その方のお名前は覚えていらっしゃいませんか?」

「南さんと同じく日本に帰化された方と聞きましたが、名前は思い出せません、五十代前半位の方でしたが…」

「南さんの職業は?」

「運送の仕事をされていたと聞きましたよ、昔は長距離の運転手をされていたけれど亡くなる数年前から、宅配業者のトラックに乗られていたそうです」

「黄さんも運送の仕事をされていますね」

「いつも自分の後に付いてきてと、半分冗談の様に言われて可愛がられていました。黄さんの南さんに対する看病は家族でも中々出来ない程でしたよ、美羽さんは、その姿を見て結婚に踏み切ったと思いますね」

「南さんの別れた奥さんの事は何かご存じですか?」

「いいえ、全く知りませんん、話題にもされませんでした」

この話を聞いて、瑠美は別れた奥さんは関係が無いと思った。

「もう一つお聞きしたいのですが、旧姓小島祐子さんと松藤美羽さんが険悪な関係になって、貴女が小島さんと交代で担当になったと安西さんに聞いたのですが？」

「祐子と美羽は大変仲が良くて、旅行にも休みを同じ時期に取って行っていましたね、昔、夏に鳥取に行って日射病で美羽が帰れなかった時も、自分が二人分働くと張り切っていました」

その話を聞いて俊郎は一人苦笑いをした。

「それが、七月の末だったか、丁度祐子が新婚旅行から帰ってからでしたね、口も利かなくなって、黄さんの事で喧嘩になったと祐子から聞きましたが、それ以上の事は話しませんでした」

「看護師の安西さんが黄さんとの三角関係が原因とか話されていましたけれど、事実はどうでしたか？」

「それは若いナースの間での噂です。見合いをした前後に祐子さんから黄さんがタイプだと聞いて、話を面白可笑しく話題にしたからでしょう」

「南さんは、病院には何度か入院されたのですか？」

「春先、夏前、そして冬に亡くなられました」

二人は小林の話を聞いて、三角関係は無かったが、祐子が二人の交際を止めようとしていたのでは？　と推測した。

それは外国人だからか？　もっと他に何か理由があったのか？　だが亡くなった今では確かめることもできない。

病院に数回お見舞いに来た五十代前半の台湾人とは誰なのだろうか？　南よりは少し年上と言う。瑠美は一応南の戸籍を調べて貰う事を考えた。

水田朋子の失踪に、黄が関係しているのなら「貴方達の結城さんに関する秘密は知っています、逃げられません」の脅迫文が強烈な意味を持ってしまう。

黄は朋子が自分にまだ未練があるのを知っていたので、朋子は呼び出しに簡単に応じるだろうと思っていたに違いない。

そんな時、瑠美の携帯が鳴った。須藤健三郎からだった。

「黄さんは、朋子さんが失踪した日、同僚の一人と居酒屋に遅くまでいて朋子さんと会った形跡は無い。居酒屋に行く前には、施設に義理の弟を迎えに行っている。彼はよく施設への送り迎えをしているようだ」と連絡をしてきた。

「一緒にいた同僚の方にも確認されたのですか？」

「勿論確かめたよ、長島と言う日本人で二十八歳独身、塩釜運輸に勤めて二年、黄夫婦の自宅にも招かれて手料理を御馳走になった事もあるそうだ」

「そうですか、最有力容疑者が白ですか」瑠美は大きな見込み違いにショックを感じた。

二十話　溺死体

瑠美の最後の手がかりは南の見舞いに来ていた五十代前半の女性だけとなった。

東邦日報の小磯に南の戸籍を調べて貰う事にして、取り敢えず瑠美は、仙台に戻ることにした。

俊郎も一緒に仙台に向かい美羽に会いたいと言い始めた。

それは約四年振りの再会だった。

自分と急に別れた裏には何があるのか？　その理由を自分の目で確かめたいと俊郎は決意していたのだ。

清水に美羽の出勤日を確かめて、会いに行こうと決めた日の朝、行方不明の水田朋子の水死体が塩釜の海岸で発見されたとテレビのニュースに大きく流れ、死後数日と報道された。

瑠美は塩釜警察へ須藤健三郎と取材に向かうと、水田の御両親が既に来ていた。

解剖の結果で、胃の中にコンビニの弁当らしき物が残っていること、乱暴された形跡は無く直接の死因は海の水ではなくプールの水だったことが判明していた。

それで、プールで溺死した後、海に捨てられたと推測された。

宮城県警では事件として捜査本部が設けられ、警察がにわかに動き始めた。

東邦日報は直ぐさま警察の怠慢の記事を掲載して、痛烈に批判をした。

それは失踪届を数週間前の生存時に提出しているにも関わらず、全く捜索をしなかった事実を取り上げた小磯記者の記事である。

だが、記事の中身は総て瑠美の取材が元になっていた。

朋子の両親は、警察の判断で朋子の失踪捜索の打ち切りをしてしまっていたことを瑠美に伝えた。瑠美も朋子を探し出せなかったことをご両親に詫びた。

瑠美は「この様な中途半端では終わらせないわ！　必ず犯人を突き止めてやる」と息巻いた。

その日の夕方、小磯の依頼で南の戸籍を調べていた男から調査の報告書が瑠美に届いた。

それは、南の父親は既に死亡、母陳美麗は台中市に健在だが痴呆と神経痛の悪化で、殆ど自宅から出られない。弟夫婦が近くに住んで、面倒を見ている。家族で日本に来た事は一度も無いと言った報告内容だったが、唯一気になるのは、母美麗の職業に、昔北投温泉で勤めていた記述があり、日本人との接点がある可能性と書かれていたことだった。

台北にある北投温泉は約四十年前までは、日本の男性観光客が女性を求めに来て盛況だったところである。中には日本人の男性との間に子供が生まれて、日本に渡った子供もいた様だ。

小磯は瑠美に「南俊一に腹違いの姉が日本にいたら、頼って来たかも知れない」と話した。

それは、年齢的には考えられる。南の姉がもしも日本にいたら、弟の死に直面して涙を流すだろうと推測できる。

「姉の存在を確かめる方法は無いのですか？」

「南の弟に尋ねたらしいが、日本に姉がいるとか北投温泉に母が勤めていた事実は認めないそうだ」

「母親は七十代後半で、痴呆では本人に確かめることはできませんね」

もしも南に腹違いの姉がいたとしても、里田夫妻を殺害する動機は全く考えられない。

美羽さんと祐子さんが険悪になっていたのには、南さんとは全く関係が無いので、高山迄追って殺す動機があまりにも弱すぎると瑠美は思った。

朋子の身体には、アザや縄の跡等の外傷が無く、監禁されていた様には見えなかった。一ヶ月近く家族にも会社にも連絡せずにどこにいたのか？

警察が動き出し、塩釜運輸にも聞き込み捜査が入り全員に事情聴取が行われた。

朋子のパソコンの中に残っていた脅迫文を朋子の家族が警察に提出したので、それは誰に送った物なのかも警察は調べに入った。

清水看護師が瑠美に付き添われて、朋子と黄の関係を暴露しようと県警に行ったのは翌日の事だった。

だが、警察ではすでに黄から水田さんとの関係を聞き、自分は一度だけ関係を持った、その後も執拗に付き合いを迫られましたが断りましたと聞いていると言われたのだ。

清水と瑠美は一代決心で警察に行ったが、全くの空振りだった。失踪の時のアリバイも完璧で、死亡推定日には、黄博向は台湾に帰国していた事まで警察は教えてくれた。

黄には朋子の殺害にも失踪にも完璧すぎるアリバイが成立していた。

「警察に自分から、付き合いがあったと話していたのね」清水が呆れ顔で警察からの帰りに話した。

「完璧過ぎるから、怪しいわよ！　里田夫妻の事件の時も台湾、今回も台湾か！　パスポートに記載されたらアリバイは完璧だから、きっと共犯者がいるのよ！」

「須藤さんは、黄が犯人だと思っていますか？」

「完璧すぎるアリバイが、一番怪しい！」そう言って瑠美はにやりとした。

「でもね、事件の核心動機が見えないのよ！　何故次々と殺人が起こるの？　殺害するほどの事では無いのよ！　朋子さんは黄に好きだと言っただけで？　里田祐子さんは妻の美羽さんと喧嘩した？　それだけでは動機になんてならないわ。いったいどんな秘密が隠されているの？」と考え込む瑠美。

突然「そうだわ！」と瑠美は声を上げた。

「南の所にお見舞いに来ていたという五十歳くらいの女性！」

「須藤さん、五十歳を超えた女性が、若い朋子さんをプールで溺れさせたりできるでしょうか？」清水は瑠美の話に疑問を投げかけた。

「それに確か、朋子さん水泳は得意だったと記憶しています、中学の時選手だったと聞きました」と思い出した様に話した。

「そうですか」

「海で溺死体として見つかったのに死因はプールの水だったなんて……」

警察の捜査も瑠美達も暗礁に乗り上げていた。

俊郎がいよいよ覚悟を決めて美羽のいる茂木総合病院に向かったのは、事件から三日後だった。

二十一話　解けた謎

「お客さんよ！　結城さんと言う方が関西から来られたみたいよ」と清水がナースステーションの美羽を呼びに来た。

清水の言葉に美羽の顔色が変わったが、必死に平静を装おうとしているのがわかる。

「一階の待合室でお待ちだそうよ！　一ヶ月半程前のバス事故で、運ばれて来られた方だったわ！　知り合いだったの？」と言って美羽の様子を窺った。

美羽は、それには何も答えずにエレベーターの方向に向かった。いずれ結城が来る事を覚悟していたようにもみえた。

清水も美羽の後について一緒に待合室に入った。

「お久しぶりです」と俊郎が美羽を見て会釈をした。

瑠美は横でその様子を見ている。

「ご無沙汰しています」と軽く会釈をした美羽だったが「今頃こんな遠くまで、なんのご用件でしょうか？　私はもう結婚もして子供もいるのです。迷惑ですので早くお帰り下さい」と冷たい言葉を投げかけた。

「すいません、ひとつだけ聞きたいことがあるのです」

「聞きたいこと？」

「河津桜の後、急に連絡出来ない様になりましたが、私が何か貴女に悪い事をしたのではないかと気になっていました」

「何もありません。長い間お付き合いさせていただきましたが、私も三十歳を超えたので別れただけです」

「本当にそれだけが理由ですか？　河津桜に今の御主人が来られていたでしょう？　それが原因なのではないですか？」俊郎の言葉に美羽の顔色が変わった。

「何の話ですか？　今の主人？　そんな事は知りません！　何を訳の判らない話をしているのですか？」と明らかに動揺している。

「そうですか？　これは貴女の旦那さんでは？」と俊郎は写真を差し出した。

写真を手に取った美羽は、それを見るなり、その手を大きく震わせて写真を床に落としそのまま部屋を飛び出していった。

離れてその様子を見ていた清水は直ぐに美羽の後を追った。

俊郎はあまりの美羽の驚き様に、呆然とした。

「美羽さんの驚き方は尋常では無かったわ、何かあるわね！　他に何か思い当たる事はない？」と瑠美が側に来て聞いた。

俊郎は「ありません、でもあの驚き方は尋常では無かったですね」と河津桜の下で写る黄の写真を拾い上げて見つめた。

「この写真の黄と結城さんは、どんな関係なの？」と今度は写真を俊郎の手から取り上げて眺める瑠美。

しばらくして清水が待合室に戻って来て「美羽さん屋上に行って電話をしていたわ、近づけないから内容は判らないけれど、御主人に電話していると思うわ」と話した。

「結城さん命を狙われるかも知れないわ、注意した方が良いですね」と瑠美が言う。

「脅かさないで下さい、私を殺す理由は何ですか？」と俊郎は訝しげな顔をした。

瑠美がこれまでの事件を整理してみましょうと言って、二人は近くの喫茶店に入った。

「亡くなった三人は、総て殺されたと仮定してみますね」

事件一　里田夫妻が高山の実家にて排気ガスで死亡。その時黄夫妻は台湾に旅行中で日本にはいない。

事件二　水田朋子殺害時に黄は台湾に旅行中、水田さん失踪時も同僚と飲食でアリバイ有り。

「二つの事件に何か共通している事があるはず」

「例えば別の事件の事を隠そうとして、三人を殺害したとかでしょうかね？」俊郎が何気なく口走る。

「結城さん、それだわ！　里田夫妻が殺されたのは、夫婦だから？　朋子さんは例の脅迫の様な文章が原因よ「貴方達の結城さんに関する秘密は知っています、逃げられません」そしてこの文が謎を解くカギとなるわ、結城さん！　何か事件に関係ある事無い？　よーく考えて！」

「私と黄の接点は？　美羽さんの旦那さんですよね、私の大きな事件は…」と考え込む。

「結城さんの大事件は奥様と子供さんを事故で亡くした事でしょう？」

「事故で失意の私が立ち直れたのは美羽さんのお陰ですが、その当時黄さんは影も形も無かったはずですから」

「ちょっと待って、共通点がひとつあるわ？」

「何ですか？」

「どちらも台湾の人が関係しているわ」

「えっ！」俊郎の顔色が変わった。

　黄の写真をポケットから取りだして、もう一度真剣に見ている俊郎が「すみません、マジック貸して下さい」と喫茶店の人に言った。

「何か思い出したの？」不思議そうな顔で見る瑠美。

しばらくして細いマジックを持参する店員。

俊郎はマジックで黄の写真に眼鏡を書き込むと、次に短髪の髪を黒く塗りつぶした。

「あっ、これは！」と叫ぶと顔色が蒼白に変わった。

「え、どうしたの?」心配になって尋ねる瑠美。

「何処かで見た事があると思っていたのはこの顔だ！」と叫ぶ俊郎。

「この顔、知っているの?」

「はい、忘れもしません！　妻と子供が亡くなった事故の目撃者です！」

「まさか！」今度は瑠美の顔色が変わった。

「この男の証言が決め手になって、義父の信号無視が証明されたのです」

「黄は何処にいたのですか?」

「大型トラックの助手席に乗っていました」

「同じ台湾の運転手の助手なので、口裏を合わせていると主張したのですが、認められませんでした」

「それは変な話ね、同乗者の証言なんて運転手を庇うでしょう?」

「でも、後日監視カメラの映像があって、この証言が裏付けられたのです」

「現場の映像が出て来たの?」

「いいえ、近くの監視カメラの映像から、信号の時間を推測出来き、黄の証言が証明されて、義父の信号無視が確定したのです」

「そうだったのですか。でもこの偶然は背筋が寒くなりますね」

「はい、私も鳥肌が立っています」

「それでは、運転手が南俊一と言う事になりますね」

「確か陳って名前でしたよ！」

二人はそこで会話が止まってしまった。

偶然にしては、余りにも意外な偶然に言葉を失ってしまったのだ。

二十二話　狙われた俊郎

ビジネスホテルに帰った俊郎は、この様な偶然が世の中に存在するのか？　と考え込んでいた。

俊郎の妻と子供二人の命を交通事故で奪った相手の証言者の奥さんが美羽？

嘘だろう？　俊郎の顔を確認するために九州について来たが私の顔を見る事が出来なかった

が、再び河津桜の時やって来て私の顔を確認したので、美羽に別れる様に迫ったのだろう。

美羽も自分の付き合っている男が、事故の証言者と聞いて驚き、その様な状況で自分と付き合う事は絶対に出来ないと思ったに違いないと俊郎は確信した。

これが急に別れた原因。ようやく約四年前の突然の別れが理解出来た俊郎だった。

だがその夜は、一睡も出来ず、昔の思い出が次々と蘇っていた。


瑠美は反対に自分の推理が完全に間違っていたのかと、眠れない夜を過ごしていた。

黄夫妻が俊郎を敬遠していた理由が判ったので、逆に里田夫妻の排ガス事件も水田朋子の脅迫文も、黄夫妻にはそれ程の意味が無い事になる。

確かに黄が俊郎の事故に関係がある事は、知られたくは無いだろうが殺す程の事では無い。

「貴方達の結城さんに関する秘密は知っています、逃げられません」この文章は誰に書いた物？　と言われたら、黄夫妻だろう？　でもこの様な結末になるとは思わずに水田朋子は書いている。

そして殺された事は、警察も認めている。


翌日小磯が台湾の陳美麗の情報を連絡してきた。

北投温泉に勤めていた時に、日本の男性との間に子供が生まれていた事を連絡してきた。

旅館の女将の話で、その子供は女の子で、美麗が北投温泉を辞める時、日本人に託した事が判明した。

「その父親になる男性の名前とか住所は判りますか？」

「公務員の男で、関西の人で名前は水原、当時の公務員でも結構偉い人だろうと言う話だ」

「公務員ですか？　多いですね」

「もう当時の事を覚えている人も少なく、本人は痴呆が進んでいるから、断片的にしか思い出せないそうだ」

「瑠美の方はどうだ？」

「こちらも進展はありましたが、事件性が消滅しました」

「張り切っていたのに空振りか？」

「どうやらその様です、でも複雑な関係でしたから、今まで判りませんでした」

瑠美は折角小磯が調べてくれた事が、何の意味も無い事だとは中々言えずに、小磯からそのまま続けて調べると言われると断れなかった。

午後になって瑠美は清水に、昨日の俊郎との話を伝えると偶然の怖さに言葉を失った。

しかし瑠美は「では、朋子は何故殺されたのか？」と依然その問題は解決されていないままだと思った。

夕方になって俊郎が、姫路に帰ると瑠美に連絡をしてきた。

美羽の別れた理由が判ったのと、昔の事故を思いだしてしまい、これ以上自分には何も出来ないと結論付けたのだ。

瑠美もこれ以上俊郎にお願いする事も無くなり、水田朋子の事件は解決したら連絡するとだけ伝えた。

長期間、仙台から高山の事件を追って過ごしたが、結果は惨い過去を知ってしまっただけで終わった俊郎だった。

帰りはのんびりと新幹線を乗り継いで帰ろうと思い、塩釜駅から明日の朝早く出発する準備を始めた。

だが翌日俊郎は宮城県警に行く事になってしまった。

その夜俊郎が宿泊しているビジネスホテルが、放火されたのだ。

木造の古いビジネスホテルで、泊まり客は数人いたが、幸い発見が早くすぐに鎮火し怪我人は出なかった。

宿泊客に結城俊郎がいることが判った警察は俊郎を狙っての犯行ではないかと疑ったのだ。

宮城警察から事件の解決まで、宿泊先を準備するので、もう少し滞在して欲しいと俊郎は頼み込まれた。

ビジネスホテルの主人の話では、五十代の女性と思われる人から、結城さんが宿泊しているかと問い合わせがあったとの証言があったのだ。

俊郎は、まさか自分が狙われるとは考えてもいなかった。

いったい誰が？　美羽が自分を狙うとは思えない。

私が、黄が事故の相手方だったと知ったところで、もう隠すことも何も無いのだから、今更私の命を狙う必要も無い。ただ、自分が大きなショックを感じただけの事である思った。

俊郎は県警で朋子のパソコンに残されていた脅迫文「貴方達の結城さんに関する秘密は知っています、逃げられません」の事を尋ねられた。

心当たりは全くないが、水田さんの同僚が、偶然にも自分の家族を失った事故の目撃証言者で、しかも昔私がお付き合いしていた女性と結婚していましたと包み隠さず話した。

宮城県警の藤井刑事と根津刑事は、興味深く聞いて「そんな偶然って、本当にあるのですね？」と信じられないと言った目で俊郎を見ていた。

　俊郎が県警から帰ると、藤井刑事達は一応事故の資料を兵庫県警から取り寄せて、不審な事が無いか調べる事にした。

　届いた資料を見て「目撃者があの黄博向で、妻が茂木病院の看護師美羽か？　あの爺さん随分と若い女性と付き合っていたのだな」と藤井が言った。

「運転していたのが陳傑森で、同乗者が黄？　同乗者の証言なのか？」

「近くの監視カメラの信号が、黄の証言を裏付けたらしいな」

「しかし、自分が付き合っていた女性の旦那が、自分の家族を殺したトラックに乗っていたら、驚くよな」

「結城さんも自分の義父の信号無視だから、何処にも文句は言えなかったのだろう」

「この調書ですが、監視カメラの画像を参考にするまで一日かかっていますね、何故でしょうか？」

「兵庫県の姫路って、あの城で有名な処だよな！」

「もう十年以上前ですから、カメラも少なかったのでしょう？」

「現場と違う場所の監視カメラの映像で、事故現場の信号が判るのですかね」

「連動型の信号なら判ると思う、今でも車をスムーズに走らせる為に時差を儲けている」

二人の刑事は十年以上前の事故の調書を見ながら議論をしていた。

二十三話　遊ぶ公務員

「しかし、水田朋子の（貴方達の結城さんに関する秘密は知っています、逃げられません）は誰に送りつけた？」

「結城と水田が繋がるのは黄夫婦しか見当たりません」

「だが、水田失踪時も死亡推定の日も黄にはアリバイが有る、奥さんの美羽も病院勤務だった。しかし、死亡推定時には時間に幅があるので、美羽さんのアリバイは確定できない」

「水泳の上手な水田朋子さんを、美羽さん一人では溺死させる事は不可能だ」

「手掛かりは、結城さんの泊まったビジネスに電話をしてきた女ですよね」

「年配の女だから、美羽では無い」

根津と藤井の二人の刑事は、第三の人物であるビジネスホテルに電話をかけて来た女の割り出しに力を入れていた。

警察は黄夫婦を呼び出して事情聴取をする事はせず。

黄夫妻には日夜、尾行を付け接触する人物から割り出そうと考えていた。

警戒されると、第三の人物に接触する可能性が無くなるので、慎重に捜査を進めた。

県警では黄夫妻は重要参考人としている。


「須藤さん、帰れなくなりましたよ」俊郎は笑いながら須藤健三郎に電話をした。

「笑いごとではないですよ。もう少しで焼き殺されてしまうところだったんですから」

「お陰で、警察には東北の住人になれと、言われてしまいました」と冗談を言う俊郎。

「冗談を言っている場合いじゃないですよ」

「瑠美が高山の里田夫妻も水田朋子さん殺しも、同一人物の犯行で、犯人は黄夫婦と仲間ではないか？　と話していましたが、放火殺人未遂も加わりましたね」

「私の泊まっていたビジネスは、黄さんの家から三十分程度ですから、放火なら可能でしょうね」

「結城さんも黄さんに憎しみが湧くでしょう」

「妻と子供が殺された事故現場に、それも黄が同乗していたと聞いた時は驚きました」

「その男の奥さんが結城さんと付き合っていた女性だったとは、世間は狭いですね！　でもそれだけでは結城さんの放火殺人は考えないと思いますが」

「私も自分が狙われるとは思いませんでした」

「瑠美が、もしも水田さんが送った文章に別の意味があれば、あなたも狙われる可能性があると言って、昨日からその別の意味が何かを求めて高山に行きましたよ」

「また、高山に行かれたのですか？」

「瑠美の先輩から新しい情報が入って、確かめに行きました」

「南の姉の事かな？」

「姉がいるの？」須藤は瑠美から聞いていないのか、不思議そうに言った。

「はい、台湾の女性と日本人のハーフらしいですよ」

「そうですか、昔は、学校の先生、警察官とか日本で地位のある人がお忍びで台湾に遊びに行きましたね。特に北投温泉に。中には向こうの女性を妊娠させてしまって、子供だけ日本人が引き取ったという人もいましたね、私より年上の警察官も沢山行きましたよ！　日本では顔が……」と須藤が言ったところで、俊郎は「それですよ！　今回の話もそれに近いのでは？」と俊郎には急に或る仮説が浮かび上がった。

　南の姉は、台湾から来日した弟に再会した。

　もしも、それが今回の放火事件に関係している五十代の女性なら？　と期待が膨らむ俊郎。

俊郎が直ぐ瑠美に電話で、須藤健三郎に聞いた話を伝えると「公務員って、そう言う意味だったのか、これで絞れるわ！　ありがとうございます！」と喜んだ。

広範囲でも捜そうとした瑠美には、兵庫県の学校の先生とか警察官で先ずは水原と言う人を調べて見る事にして、小磯に依頼をした。

瑠美は、子供が日本に貰われているから、その手続き書類が残っている筈だと考えていた。約五十年前の戸籍だから、直ぐに見つかるとは思わないが、数は限られていると考えた。

瑠美は、水田さんの事件は結城さんの義父の事故と関係があるのでは？　だからあの水田の書いた脅迫文に反応したのでは？　水田朋子は失踪した日に結城と会っている。

黄が朋子と結城さんと会っているところを見ていたら、水田朋子が脅迫文を送ったと直ぐに推測する筈だ。

唯、不思議な事は、失踪から溺死まで時間がある事だった。

第三の南の姉が協力すれば黄がいなくても？　姉一人では中々溺死をさせられないな？　もう一人誰かいる。

そう思って高山に来たのだ。

高山の事件でも、複数犯の犯行だと思うが、一人は南、もう一人は姉？　他に誰かいないのか？　再び的場刑事に会う瑠美と美佐。

「また、君たちかね、執念深いね」と言う的場に「前回一緒に来た結城さんが、塩釜のホテルが放火され殺される処だったのよ！」

「えー、そんなことがあったのかい」

「この文章見て下さい」（貴方達の結城さんに関する秘密は知っています、逃げられません）を差し出した。

「これが原因か？」と不思議な文を見る的場。

「この文章を送った女性は、失踪後塩釜の海で、死体で見つかったのよ」

「連続殺人事件になるところだったのか！」

「私は、里田夫婦を殺害したのも同一犯だと思っているのです」

「里田夫婦の事故を殺害事件と勝手に決めつけるのも納得しないが、何故？　数年間隔があるのに、同じだと思うのだね」

「二人共、黄夫妻に関係があるからですよ、そして同じ様に確かなアリバイで守られている」

美佐が言うと瑠美が「里田さんの家族に公務員の人っていませんでした？　特に警察関係者とか学校関係者」と尋ねた。

「里田君のお爺さんは警察のＯＢだよ！　我々の大先輩だよ」的場が誇らしげに言った。

「本当ですか？　警察の方ですか？」

「そうだよ、昔は県警の本部長をされていたと聞いたよ」

「本部長ですか？　相当上の階級ですよね」

「確か、警視長で退官されたと聞いたが、もう亡くなられて随分経過していると思うよ、私が警察に入った時にはもういなかったからな」

「美佐！　もしかして、里田夫妻が殺された事は別の動機があるのかも知れないわ」と瑠美が言うと不思議な顔をする美佐だった。

二十四話　事故現場

的場刑事と別れると美佐が瑠美に「何が何だか判らないわ」と車の中で言った。二人は、美佐の旅館に向って車を走らせながら、話を進ませた。

「南が起こした交通事故は、何か裏があると思うのよね、それをこれから兵庫県警に行って調べるのだけれど、南の父親違いの姉が日本に来た南に色々と便宜をしたと思うの、この姉は日本の警察の幹部の娘で、里田さんのお爺さんと知り合いの可能性が出て来たから、事件が意外な方向に向かったのではないかな？」

「警察の幹部が台湾で女性を買っていたのね」美佐が納得した様に言った。

「日本国内なら、遊ぶ事が出来ないので台湾で遊んだのよ！」

「五十年前は多々あったと思うけれど、今ならスキャンダルになるわね」

「問題はスキャンダルと南の事故が結びつけば、例の水田さんが書いた脅迫文と繋がると思うのよ」

「意味も無く書いた文章が、相手の心臓をえぐったのね！　流石瑠美さんの推理は凄い！」

「でも何も裏付けは無いわ！　判ったのは関係無いと思っていた里田さんが繋がった事よ！　水原さんが判明すれば総て繋がるかもしれない」


旅館に到着した時小磯から水原の事で連絡があった。

前後約十年間の資料で水原を捜したが、該当の子供の存在は確認出来なかったと言う。

予想が大きく外れる結果に瑠美は「美佐さん、今夜は飲みたい気分よ」と電話が終わると叫んだ。

また最初に戻って、推理を立て直さなければならない。

二人で飲んでいるときに、今度は俊郎から警察の許可を貰ったので一度家の空気の入れ換えに、戻るので姫路での調査に同行したいと電話があった。

瑠美には大変助かる話なので「結城さんの家に泊めて貰えないですか?」と酔いも手伝って頼みこんだ。

水田朋子が殺されたので、捜査費用が総て自前になってしまったので、節約したい瑠美だった。

事件の総てを記事にして稼ぐ他、費用の捻出方法が無い瑠美は、記者魂が勝つか、お金が尽きるかの選択を迫られているのだ。


翌日飛行機で仙台から戻る俊郎、瑠美が新幹線で姫路に到着するのと殆ど同じ時間になった。

「さすがに飛行機は速いですね」改札で待つ俊郎に笑顔で言う瑠美。

「このままタクシーで事故現場に行きましょうか?」と俊郎が言ったが、「節約しなければ駄目ですから、結城さんのお家に行ってからにしましょう」と瑠美が言う通り、二人はJR線に乗り換えて、結城の自宅がある御着に向かった。

御着駅から歩いてようやく俊郎の自宅に到着すると瑠美が「歩くと疲れますね」と言った後「大きな屋敷ですね」と広い庭と昔の農家の佇まいに驚いた。

「掃除はしていませんが、須藤さんが何日泊まられても困りませんよ」と笑う。

広い土間に入ると再び「昔の家って、こんなに広いのですね」と驚く。

「しばらく留守にしていましたから、湿気が凄いです」と言って俊郎が雨戸を開けると夕日が差し込んで、急に明るくなる室内。

「この部屋を自由に使って下さい、一息したら出かけましょう」

「はい、片づけます」と家具もない広い畳の間に、瑠美は荷物を置いた。

十年以上前の事故の調査ではあるが、何か判れば新しい展開が予想される。しかし、現状では迷路に入った状態に瑠美の推理は暗礁に乗り上げていた。


姫路警察に取材の申し込みをしてあるのだろう、瑠美は俊郎の車に乗り込むと、警察署に向かうように言った。

「事故現場は、直ぐ近くですよ！　先に行きませんか？　とは言っても昔の面影はありませんけどね」

「どうしてですか？」

「道路が狭かったので、広げられて今は一部二車線になっています」

しばらく走ると、事故現場に到着した。

近くの路地に車を止めると、二人は降りて現場に歩いて行った。

「この様な場所で、死亡事故が……」と言葉を詰まらせて、合掌する瑠美。

「供養に地蔵様を建てていたのですが、拡張工事で無くなりました」としみじみと俊郎は語った。


二人は姫路警察に行くと、既に事故の資料は準備されており「東邦日報さんが、今頃十年も前の事故を調べられるって、何事ですか？」婦警が二人に微笑みながら尋ねた。

「この事故を担当されていた方で、今いらっしゃる方はいますか？」と瑠美が訪ねた。

婦警は「待って下さい」と調書を見て「調書に載っている名前の方は、姫路署には一人もいませんね」と答えた。

「一人も？　この事件の事をご存じの刑事、警官はいない？」

俊郎が「そうなのですか？　浅原さんって言う刑事さんが、何度も自宅に来られて話をしましたが」と言うと「浅原はこの事故の後、直ぐに転勤になって……」とその婦警は言葉を詰まらせた。

「どうされました？」不思議に思って尋ねる瑠美。

「転勤先で、交通事故で亡くなられたのですよ！　淡路島の洲本に配属された矢先でした」

「浅原さんの連絡先判りませんか？」瑠美が突然言うので、驚く女子警官。

「もう亡くなられて、十年以上経過していますよ？　私が新人で入って直ぐですから」

「他の方の連絡先も教えて下さい」瑠美は急に閃いた様に頼み込んだ。

その後調書をくまなく調べたが、事故の資料に不審な点は何処にも無かった。

調書には亡くなった俊郎の義父、妻、子供二人の名前と大型トラックの運転手陳傑森、助手黄博向と記載されており、時刻は深夜一時になっていた。

高速からの側道を降りてきた大型トラックが、青信号をノンストップで右折をしたら、前方から信号無視で乗用車が激突、慌ててハンドルを切るが乗用車は飛ばされて、高架下のコンクリートの壁に激突大破と記載されていた。

生々しい事故の写真もあったが流石に俊郎は見る事が出来なかった。

瑠美も、目の前に俊郎がいるので、目を覆いたくなる様な記事と写真の連続に、目頭を押さえた。

「即死でしょうね」と読み終わるとぽつりと言った。

「それが、せめてもの救いでしょうか？　一瞬で……」と言葉が涙に変わった俊郎。

初めは黄の証言はトラック運転手側の話なので信憑性が疑われたが、しばらくして一転し、重要証言に変わった様だが、詳しい記載は無かった。

二十五話　事故の真相を求めて

帰る頃になって、婦警が「浅原さんの連絡先ですが、奥様は実家に戻られて今は義理の弟さんが住んでいます」と言ってメモを持って来た。

他の人は、調べたが現在の住所は判らないので、後日判りましたら連絡しますとのことであったが、後の二人はもう退官して年金暮らしのであることを教えてくれた。

当時の交通課で、この事故を主に担当した浅原は事故死、その他二名は退官で直接聞く術は無かった。

「浅原さんの元の家に行きましょうか？」

「須藤さんは熱心ですね、私はそこまで頑張れません」俊郎も確証も無いのに、何かを捜そうとする瑠美の執念に驚いていた。

「この住所は近いのでしょう？」と紙のメモを見せる。

「高砂ですね、近いですよ！　結婚式の高砂や～～の場所ですよ」

「ほんと！　結婚式の？」嬉しそうに言いながら、車に乗り込み向かう二人。

メモの住所の家には伊東の表札があり、尋ねると浅原の妹が今は暮らしていた。

現在妹は四十歳手前で、事故の件を尋ねたが、兄の事故と勘違いして「ひき逃げ事故です」と答えた。

瑠美たちが調査している事故の件は全く知らなかった。

そこで、兄の奥さんの実家は加西市だと教えてくれたので、二人はそちらに向かうことにした。

車に乗り込むと「ひき逃げだって、何か匂ってきたわ！　私の見込み違いでは無かった！」と急に元気になった。

加西に到着の頃には夕方になったので電話をかけたが誰も出ない。仕方なく自宅を捜して到着すると、丁度小学生の高学年の男の子が家に入っていくのを見かけた。

「あの子が息子さん？」瑠美はそう思いながら、チャイムを鳴らす。

先程の男の子が「どちら様ですか？」と玄関に走り出てきた。

「東邦日報の須藤と言いますが、浅原真由美さんいらっしゃいますか？」

「ママは仕事でいないよ」と答えると奥から「何方かな？」と初老の女性が出て来た。

瑠美はその女性に挨拶をして、名刺を差し出した。

「東邦日報さんが？　東北支社って！」小さな字が見えないのか目を細めている。

「浅原刑事の奥様の実家だと伺って来たのですが？」

「刑事の奥さんは随分前に終わったわ、今ではスーパーのレジ係よ！　娘に用事なの？」

「何時に帰られますか？」

「最近は二十四時間営業になって、今日は遅番で夜の十時にならないと帰らないわ、旦那が殉職なら恩給もあるけれど、帰宅中の事故で亡くなったから何も貰えないからね、娘も苦労しているわ！　この子だけ残して亡くなって……」と言葉を詰まらせた。

勤務先に行くのでと場所を教えて貰うと「何を尋ねに来たの？　亡くなった亭主の事？」

「そうです、浅原刑事の事を聞きたくて来ました」

「亡くなって十年以上経過して、今さら何を？」

「浅原さんが担当していた事故の事を、自宅で何か話されていなかったか？　をお聞きしたくて来ました」

「そんな昔の話は、知りませんし、淡路島に変わって仕事を始めて直ぐに亡くなりましたから、淡路での仕事は無かったと思います」

「そんなに、直ぐに？」

「まだ娘も淡路に行ってない時ですよ、この子が生まれて直ぐだったので、準備をして家族が行く前に事故に遭ったのです」

「お気の毒です、実は姫路警察勤務の時の事故です」瑠美が言う。

「家では、仕事の事は話さないと娘も話していましたから、無駄だと思いますよ」聞く前から失望的な事を聞いてしまったが、兎に角近くのスーパーに車を走らせた。

「あの男の子は父親の顔を知らずに育ったのね」と瑠美が話す。

スーパーに到着すると、しばらくして浅原刑事の妻、浅原真由美がスーパーの中の休憩スペースにやって来て「東北の方が、遠路昔の事で？」母親から電話があったのだろう、粗方の要件は知っていたようだった。

「はい、浅原刑事が姫路警察で最後に担当された事故の捜査で、何か気になる事はありませんでしたか？」

「母も言ったと思いますが、浅原は仕事の事は何も話しませんでしたから、判りません」

「何でも良いのです、何か覚えていませんか？」

真由美は少し考え込んだがすぐに「何も思い当たる事はありません、折角遠路来て頂いたのに、お役に立てません」とお辞儀をした。

一昔前の事を聞きに来られて、迷惑そうな真由美が二人を見送ろうとした時、瑠美が「御主人の事故も、関連があるのかも知れません」と言い放った。

「えっ」と一瞬驚いた顔をしたが、そのままお辞儀をして休憩室を後にした。

「須藤さん、恐ろしい事を言いますね」俊郎が驚いたが、瑠美は「満更間違いでも無い可能性がありますよ」と微笑む。

「本当ですか？」今度は俊郎が真顔になった。

「今の処何の証拠も根拠もありませんよ」と瑠美。

「明日から、どうしますか？」

「他の退官された警察官でも捜しましょうか？」そう言いながら、瑠美は携帯のメールを調べた。


調査は行き詰まりそうだったのだが、翌日の昼前に浅原真由美から電話があった。

「主人の遺品の手帳に変な記述が残っています、これって事件に関係ありますか？　画像を一緒に送りますが」と言うので「いえ、もう一度行きます」と瑠美は答えた。

昨日、別れ際に行った最後の一言が真由美を動かしたのは明らかだった。

自分の主人がもしかしたら殺されたと言われたら、眠らずにでも何かを捜すか思い出すだろうとの賭けが的中したと微笑む瑠美。

「何が見つかったのでしょうね？」

「それ程、決定的な物なら、おそらく手帳も没収されていたでしょうに？　一体何か書かれていたのでしょうか?」

二人は、何か事故に関する物が手に入れば、一気に何かが動き出す予感がしていた。

俊郎も自分の家族の事故は、本当に義父の信号無視なのか?　何か秘密がある様に思い始めていた。

二十六話　閣下

「ご足労いただきありがとうございます」と二人を迎え入れた真由美は、古ぼけた手帳を出して来て「この手帳は主人が転勤の時持って行かなかった服のポケットに入っていた物です」

「よくとって置かれていましたね」

「ここに、水原姉と書いて線を引っ張って、大きく水原さんと書いて大きな?マークを書いていますでしょう?」そう言いながら差し出した。

「『水原』と書いてあるのは『?』、浅原刑事も水原に疑問を感じていたと言うこと?」と俊郎が身を乗り出した。

手に取って見る瑠美が「水原姉からの線があると言う事は、こっちの水原は姉とは別人ね」

と言った。

「別人？」俊郎が覗き込んで言う。

「例えば、こちらの水原は父親、兄弟または旦那さんの可能性があるわね」

「浅原さん、手帳の他には何もありませんでしたか？　何か思いだしたとか？」俊郎が真由美に尋ねた。

「今から思えば主人が、当時口癖の様に言っていた言葉を思い出しました」

「何ですか？」

「権力に潰された！　権力は恐い！　と言っていましたね、私が何って聞くと、仕事の事だお前には関係ない！　と怒りました」

瑠美は手帳を隅々まで見たが、それ以外手掛かりになるような事は全く無かった。そして水原と書かれたこのページは事故の半月後の記載になっていた。

写メに撮って手帳を返却すると真由美が「主人は殺されたのですか？　淡路島に転勤になったのは姫路で起きた交通事故と何か関係があるのですか？」

「確証はありませんが、可能性はあると思います、一度淡路島で警察の事故資料を見てきます。事故か事件なのか手掛かりが何か少しでも見つかればお伝えします」

瑠美は明日、淡路島の洲本に行く事にして、御礼を言って真由美の家を後にした。

車の中で瑠美が「予想した通り、結城さんのご家族の事故は、何か秘密がありますね」

「それで、水田朋子の（貴方達の結城さんに関する秘密は知っています、逃げられません）の脅迫文が、引き金となって事件が次々と起こった」

「交通事故の捜査をしていた浅原刑事が事故に疑問を持ちつつ突然転勤になった事、淡路島でひき逃げ事故に遭って死んだ事は、おそらくその秘密と関係があるのでしょう」

「黄と南は同じトラックに乗って事故に直面した。黄の証言で結城さんの義父の信号無視が立証された。でも、本当は反対で信号無視をしたのが南だとしたら…。南の姉は警察官の幹部の娘だから父親に頼んで事故を隠ぺいすることも可能だわ」

「それじゃあ、義父の信号無視ではない？」

「そうかも知れないわよ！」

「え――、大型トラックが信号無視で私の家族を殺した！」と言うと俊郎が車を路肩に急停車した。

俊郎の顔が青ざめていくのがわかる。

「私が運転しましょうか？」

ショックで俊郎は運転が出来ない状況になってしまったのだ。

運転を交代してもらうと、助手に座った俊郎は全くの無口になってしまった。

自分の子供と妻が殺されたと思い始めた俊郎の脳裏には、昔の楽しかった日々が走馬燈の様に浮かんでは消えていった。

「姫路の警察で定年退職した二人の警察官を調べて見ましょう」と言って車を走らせた。

瑠美は、運転をしながら推理を巡らせていた。すれ違っていく対向車から「よろしくお願いします！　お願いします！」の連呼が聞こえた。

「選挙ですね！　衆議院かな？」と瑠美が言うと、急に俊郎が「国会議員とか大臣が知り合いにいたら、事実が判明するのでしょうか？」とぽつりと言った。

「結城さん！　それの逆なら可能性があるかも」と急に大きな声で瑠美が言った。

「国会議員に水原って人いたかな？」

「役に立っているのか判らない人まで、大勢バッチを付けているので記憶に無いわ」と笑う。

「須藤さんは、南のお姉さんが水原で、その夫が国会議員クラスの人だとお考えですか？」

「お姉さんの父親が警察関係の偉い人でしょう？」

「そうですね、それに父親なら既に九十歳から百歳、事件に関与するのは無理ですね。それで夫ではないかと？」

「今から十年前の凄く力のある政治家か警察関係の人が、お姉さんの夫とみて間違いないわ」

二人は水原が誰なのか判らぬままに姫路警察に着いた。

先日の婦警が「このお二方は、もう七十五歳を超えていて認知症の可能性もあります」と言いながら大久保と前島という名前とそれぞれの住所を書いたメモ書きを渡してくれた。

大久保と前島の二人の元刑事は、姫路を挟んで正反対の方向に住んでいる。

大久保は播州赤穂で前島は魚住だった。

今日は取り敢えず一人だけでも会おうと電話をすると、大久保は老人ホームに入っていて相当認知症が進んでいると家族が話した。

前島は本人が電話に出たが、そんな昔の事故の事は全く記憶に無いと言って会ってくれる様子も無かった。

「どうします？」

「大久保さんの老人ホームに行きましょう」

二人はダメ元で赤穂の老人ホーム、千寿園に向かった。

「認知症が進んで、話にはならないと思いますよ」と老人ホームの窓口の人が言ったが、二人は強行して大久保に会った。

「大久保さん、この写真見て何か思い出さない？」

事故の写真を見せると、急に立ち上がり敬礼の格好をして「閣下、私は決して申しません、ご安心下さい」と言った。

「大久保さん、閣下って誰の事？」

「はい、私は死ぬまで秘密は守ります、ご安心下さい」と再び敬礼をして、写真にお辞儀をした。

何度尋ねても同じ事を言うのみで、大久保はそれ以上の事は喋らなかった。

二人は諦めて、千寿園を出ると「相当偉い人に、何かを口止めされているのよ！　写真は覚えていたもの」

「閣下とは誰でしょうね？　もしかして水原閣下とか？」

「相当、警察には顔の利く人物には間違いないわね！　明日行く淡路島で何か痕跡が残っている事を祈るわ」

「そうですね、浅原さんは何かを知り訴えようとして、殺された可能性がありますね」

「そう！　あの手帳の文字は…。何度も結城さんの自宅に行かれたのは、それを確かめる為でしょうね」

「でも、ただ義父の性格とか、旅行の日程を聞きに来られただけでした」

瑠美は、浅原刑事は義父様が慌てて信号無視をする様な性格なのかどうかを、関係者に聞いていたのかも知れないと思った。

二十七話　闇の大物

翌日二人は、朝から淡路島に向かった。

「十年以上前の交通事故で何か判るのだろうか？」そう思いながら俊郎は車を走らせている。

姫路からバイパスを走り、第二神明から淡路鳴門方面に車は向かう。久しぶりに走る明石大橋に俊郎が「この橋を渡るのは久しぶりです。昔家族で旅行に行って以来だ！　事故で家族を失う前最後に行ったのが鳴門のホテルでした」と昔を思い出したのか、俊郎の目が潤んでいた。

一瞬で俊郎の家族を奪った事故、今その事故に偽装の疑いが浮上してきたのだ。

六年程付き合った美羽が、その事故の証言者と結婚していた事実は俊郎には耐えがたい事だが、今その証言そのものに疑惑が浮上している。

美羽が何も告げずに去った本当の理由は事故の真実を知ってしまい耐えられなかったのだろうと俊郎は思った。

俊郎が知っている美羽は、とても優しい子で、会話の中には家族思いの姿が垣間見られた。特に弟に対する優しさには格別の物が感じられた。

判ったのは最近だが、それは弟が身体障害者でしかも、精神薄弱と云うハンディを抱えていたからだろう。

俊郎は家族と美羽の事を思い苦悩の日々へと変わっていた。

黄は南の起こした事故を義父の信号無視と偽証をした。

そして、事故の隠ぺいに手をかしたのが、南の姉。

姉は台湾で生まれた警察幹部の隠し子であり、御主人は国会議員か警察幹部である。

その御主人の友人がもし里田の祖父だとしたら……。

瑠美と俊郎の推理はその方向に向かっていた。

小磯が調べてくれた状況では、水原と名乗る男が台湾から貰い子をした事実は掴めていなかった。

その事から、瑠美は南の姉の夫が水原の可能性が高いと推理をしたのだ。

車は洲本警察に着くと、事前に連絡をしていたので直ぐに交通課に案内された。

「東邦日報さんが、古い事故の掘り起こしですか?」と係の人が姫路警察の時と同じ台詞で出迎える。

マスコミに逆らうと、余計な事を書かれても困るので協力を装っているのが判る。

「私達の同僚がひき逃げに遭ったので、当時は署員総動員で捜査を行いましたが、犯人を見つける事が出来ませんでした」

「浅原さんは、泥酔状態だったのですか？」

「そうですね、歓迎会の帰りでしたから、相当飲まれていたのですね。洲本の飲食店街を出た処での事故ですから目撃者が大勢いたので、ナンバーが判り、その車盗難車でした。翌朝五色町の山の中で発見されたのですが、結局そこまででしたね」

「この書類を見ると、捜査員らは捜査途中にも拘らず直ぐに交代していますね？　何かあったのですか？」

「捜査が進展しないので、当時の署長が変更したと聞きました」

「このひき逃げ事件の担当の方は？」

「今はこの洲本には何方もいらっしゃいませんね、各地に転勤になりました」

何の収獲も得られない洲本警察での資料に不満足な俊郎は「五色町の山の中に行きますか？」と不意に言った。

洲本から五色町に向かう山中の市道を走っていた時、古い住宅を見付けた瑠美は急に「結城さん、車を止めて！」と叫んだ。

その声に俊郎が車を急停車させたので、後ろを走っていた車が急ハンドルを切って罵声を浴びせながら追い抜いていった。

「急にどうしたのですか？」と尋ねる俊郎。

「少し戻って、何処かに車を止めてください」

俊郎は「気分でも悪いのですか？」と心配して、車を少しバックさせると、田んぼの空き地に車を止めた。

瑠美は「行きましょう」と外に出て歩き始めるとすぐに「あれを見て！」と古い家屋の塀を指さした。

そこには薄汚れた看板があり、郷土の誇り水原真之介と書かれた文字が目に入った。

「水原だ！」俊郎は叫んだ。

「この人かも知れないわよ！」そう言いながらその看板のある家に向かって坂道を上がったが、それは今にも壊れてしまいそうな廃屋だった。

「何処か近くの人に尋ねてみましょう」周りを見渡すと少し向こうに民家が見えた。

そこに向かった二人は庭にいたお婆さんに「水原真之介さんについてお聞きしたいのですが？」と尋ねた。

「水原信之助先生のことかい？　郷土の誇りの先生じゃよ」

「今はどちらにいらっしゃいますか？」

「先生は数年前に亡くなられたと聞いたが、今生きておられたら百歳を超えられているわな！」そう言って微笑んだ。

「水原先生は議員さんをされていたのですか？」

「知らないのかい？　国会議員をされて、引退されてからもう何年になるかな」

「先生のご実家はこの近くですか？」

「南淡町がご実家だが、もう誰も住んでいないと聞いたな！」

「そうですか？」

　車に戻ると、パソコンを開いて水原真之介を調べた瑠美が「死んだとは書いて無いわ！　まだ生きているかも知れないわね！　政界の闇のドンと呼ばれた事もあるみたい、昔は兵庫県警のトップもしていた人ね、この男が父親なら恐い物は無いわ」とまくし立てた。

「大物ですね、南の姉がこの水原真之介の娘なら？　何でも出来そうですね」

「水原真之介には子供が一人よ！　しかも女の子！」

「鎌倉に住んでいると書かれているけど、随分昔の記事の様だわ」

　二人は、その水原の実家があるという南淡町に向かう事にした。

　町に入って尋ねると直ぐに実家の場所がわかり、今は従姉妹が住んでいると教えてくれた。

「須藤さん、直接聞くのは危険じゃないですか？　もしも殺人も平気なら、私達も狙われますよ」

「そうよね、危険よね」流石の瑠美も恐くなって、水原家の事を良く知っていそうな家を近所で教えて貰って尋ねる事にした。

教えて貰った家に行き弁護士と偽って話を聞いた。

「弁護士さんが遠路大変だね！　財産分与か？」と笑いながら「実子はいなかったと思うよ、女の子を親戚か知り合いに養子として貰ったと聞いたよ」と教えてくれた。

二十八話　水原氏

「海外からの養子ですか？」瑠美は恐る恐る尋ねる。

「海外からの？　どう言う意味だね！」と恐い顔で聞き返す老人。

「海外、例えば台湾から子供を……」と言いかけると一層恐い顔に変わったので瑠美は言葉を濁した。

「旧家の娘さんを、小さい時に養女にされたのだよ、奥さんの身体が弱くて子供が生まれなかったと聞いた事がある」と強い口調で言った。

「そうですか？」予想が全く外れた二人は意気消沈した。

「今、その子供さんは？」

「親戚の方と結婚されて、子供さんが確か二人お生まれになった。もう大きいだろう」

「その方は、今は鎌倉にいらっしゃるのですか？」

「わかりません。最近は全く話を聞きませんので、多分、真之介さんはもう亡くなられているでしょう」

「国家議員をされて、その後法務大臣を一期務められていますね」瑠美は先程ネットで調べた事を話した。

「総理のスキャンダルで、直ぐに総選挙になってしまったので、大臣をされたのは実質八ヶ月程でしたが、警察官から法務大臣まで登り詰められた立派な方でした」と老人は褒めた。

そこまで聞いて二人は淡路島を後にした。

自宅に戻る車の中で「水原さんの正体は判ったけれど、私たちの推理とは違いましたね」

「台湾の情報が間違っていましたね」

「水原が養子にもらったのは旧家の娘さんなら、台湾で生まれた南のお姉さんとは別人ということになりますね」

「でも他の状況は総て一致するわよ、警察の幹部水原、浅原さんの書いた水原の文字、真之介なら淡路の警察も兵庫の警察も自由に使えるでしょう？」

「生きていても百歳は超えていますよね？」

（もう世間に姿を見せなくなって三十年近い水原真之介。鎌倉の閑静な場所に大きな邸宅が在る）

「水原の子供の写真が手に入れば確認出来るけど、鎌倉に行ってみるかな」

「今度は鎌倉ですか？」俊郎はその行動力にまた驚くのだった。

瑠美は小磯に、淡路島の話とか姫路の交通事故の事を詳しく報告すると、鎌倉に向かった。

俊郎も仙台に来る様に警察が連絡をしてきたので、瑠美と一緒の新幹線に乗って仙台に向かった。

少しの期間に何度関東に行くのだろう？　数ヶ月前の美羽との思い出を懐かしむ為に向かった東北旅行が、こんな事件に巻き込まれるとは思いもしなかったが、妻と子供が亡くなった事故も本当は義父の過失では無かった？　そう思うと今更捜査を止めるわけにはいかない。

真実は何なのだ！　美羽は何処まで知っているのだ？　私の家族の死を知りながら、事故の現場にいた黄と…そう思うと怒りが込み上げて来る。

俊郎は仙台に戻ると根津と藤井の二人の刑事から、防犯カメラの映像を見て欲しいと言われて宮城県警に行った。

放火されたビジネスホテル近くの数十カ所の防犯カメラに、十人程の不審と思われる男女が映っている。この中に、顔見知りはいないか確認して欲しいとのことだった。

俊郎は、一人一人目を凝らして見るが、知っている人は誰もいなく、警察の期待した結果は出なかった。

刑事は黄夫妻を絶えず尾行しているが、今のところ不審な行動が全く見られないと教えてくれた。

美羽は病院と家事、子育てで手一杯、時々実家に帰っている。

黄は仕事が終わると、週に二回程は精神薄弱である義理の弟の送り迎えをしているのと、子育てを手伝う日々。

週に一度近くのスーパーに買い物に三人で出掛けると教えてくれた。

水田朋子の体内に残った水の分析が進んで、仙台市内にある三カ所のプールの水に酷似していることが判ったと藤井刑事が言った。

犯行は深夜と思われ、プールで溺れさせて海に死体を運んだと推測される。

死亡推定時刻には、黄は台湾にいた。

美羽一人の力では水田朋子は溺れさせる事は不可能だと言った。

俊郎はホテルに戻って、今までの事を考えていた。

里田夫妻の排気ガスによる死亡も殺害された可能性がある。

水田朋子はプールの水での溺死による殺害。

自分も焼き殺されそうになった。

水原真之介という、重要人物が見つかったが高齢で、生死も定かで無い。

義父の事故も偽証で、本当はトラックが信号無視なら…。


夜遅くなって「水原真之介は生きているわ、百四歳よ！　娘の名前は水原麗子五十五歳で写真も手に入ったわ、麗子の夫は水原慎治で元兵庫県警の幹部だが既に他界していて、現在長男の真二郎が県会議員になっているわ、噂では次期総選挙で国政デビューらしいのよ」と瑠美が電話をしてきた。

「その麗子の写真を小林看護師に見せれば、はっきりしますね」

「明日、小林看護師の家に行って確かめてくるわ」

「朋子さんの事件の方ですが、死因の水は三カ所のプールに絞られた様です。でも犯人には行き着いていない様です」

「それから、麗子は岐阜の旧家から養女として、水原真之介の子供になった様だわ」

「その旧家が、里田家ですか？」

「それなら完璧なのだけれど、全く違う嘉納と言う造り酒屋の娘さんよ」

「南の姉の可能性が少なくなりましたね」

「兎に角写真があるから、見て貰えばはっきりするわ」

「小林看護師、安西主任、黄美羽の三人は南の姉らしい女性に会っていますよね」

「そうだわ、写真を携帯に送っておくわ、何かの役にたつかも知れないから」

しばらくして、携帯に写真が送られて来て俊郎は見たが、一度も見た事が無い顔であった。

「須藤さんは南の写真をお持ちですか？」

「持っていないわ、周りも誰も持っていないわね」

「姫路警察に行けばあるのでしょうね？」

「そうよね、事故の当事者だから免許の写真はあるでしょうね」

二人はこの時始めて、南の顔も知らない事に気が付いた。

俊郎には忘れもしない運転手の顔だが、実際病院で亡くなった男がその運転手なのか？　多少疑問に思い始めていた。

黄の顔を写真で見た時も、髪型と眼鏡の違いだけであの事故の相手の助手席に乗っていた男だと気付かなかったのだから、人間の記憶の曖昧さを痛感していた。

二十九話　強盗殺人

瑠美は、小磯に台湾から日本に貰われた女の子の消息を、もう一度詳しく調べてくれる様に頼んだ。

水原真之介の子供を陳美麗が産んで、その子がどの様になったのか？　その真実を突き止める事が、すべての事件の究明に繋がると小磯に力説した。


小磯が夜遅く「その当時は台湾からも韓国からも多くの女性が日本に来ていて、勿論子供だけもいるが、水原真之介が子供を台湾から引き取った事実は無い」

「麗子さんは岐阜の造り酒屋の娘さんであることは、調べて判ったの！　明日写真を持って小林看護師に会えば、南の見舞いに来た人と同一人物かは判明するのだけど……」

「瑠美、もしも連続殺人事件なら、危険だ！　気を付けてくれよな」

「判っているわ！　充分気を付けます。それより仙台の事件は進展があったの？　放火未遂と水田朋子さんの事件」

「放火の方は、防犯カメラの映像から、五人程の重要参考人が浮かんだ様だ」

「凄い！　問題は水原もしくは黄と繋がるかだわね！　繋がりが無ければ放火の事件は一連の

事件とは関係ないことになるわね」

「麗子の写真を確認出来る人は何人いるのだ！」

「明日会う小林看護師、品川総合病院の安西主任、そして黄美羽さんです！　でも美羽さんの証言は期待出来ません」

「そうだな、彼女の証言は絶対に無理だな」

「明日証明出来たら、水原の娘の麗子が南の姉だと確定するわ」

そう言って喜んで電話を終わった瑠美。


翌日閑静な住宅街に人が溢れていた。

「何かあったのですか?」

「強盗殺人事件よ！　物騒な世の中ね」

「誰が?」

「小林さんの奥さんが刺し殺されたのよ！」

瑠美は「えーーー」と裏返った声を放つと、人混みの中を引き返した。

「小磯さん！　大変よ！　小林看護師が殺された！」

「何！　小林看護師が殺された！　どう言う事だ！」

した。

「強盗だと聞いたわ！」

「その事件は本社に聞いてみる、詳しい事が判ればすぐ連絡する」

瑠美は頭が混乱していたが、急に安西主任も危険だと思い直ぐに品川総合病院に電話をした。

七階のナースステーションに繋がる時間の遅い事、苛々しながら待つとやっと若い女性の声がした。

「主任の安西さんいらっしゃいますか？」

「安西主任は今日と明日は公休でお休みですよ」

「連絡先は判りますか？」

「寮に住んでいらっしゃるけれど、個人の電話番号はお教え出来ません」

「じゃあ、寮の番号を教えて下さい」

「わかりました。寮母さんがいますから」と電話番号を教えてくれた。

早速、寮に電話をしたが、寮母さんの返事は、朝から出掛けられて留守ですとのことだった。

携帯の番号を教えてもらうには、直接病院に行って詳しく事情を話して理解を求める以外に方法は無い。

瑠美は病院を目指した。

「結城さん！　大変よ！　小林看護師が強盗に殺された！」と瑠美から電話がかかってきた。

「ええ、今ニュースで見た処です、一連の事件と関係があるのでしょうか？　警察は単なる強盗殺人だと発表していますが」

「もう一人の安西主任も、連絡が取れないの！」

「それは、危険ですね！　南の姉が確認されるのを恐れたのでしょうか？」

「でも、写真の事は小林看護師には話してないわ、もう一度話が聞きたいとアポを入れただけよ」

「では、このことには関係のない強盗殺人かも知れませんね」

「そんな、偶然ある？」

「偶然はありますよ、私が美羽に仙台で再会したのも、美羽が事故の証言者の夫だった事も偶然ですよ」

「でもその偶然が、水田さんの命を奪ったのかもしれないわ？　だから、小林さんも……。今、安西主任の病院に向かっているところ。とにかく安西主任の事が心配だわ」

「瑠美さん、くれぐれも無茶はしないでくださいね」と言って電話を切った。

品川総合病院に着いた瑠美は、同じ病棟の鈴木師長に説明をするように言われ説明をした後、今度は院長の許可が必要だと言われた。そして、院長室で再び説明をし、ようやく理解をしてもらい鈴木師長が目の前で安西の携帯に電話をしてくれた。

個人情報と云う厄介な法律の為に、連絡を取るのが遅れてしまったと思いながら、電話が繋がるのを祈る思いで待った。

（マイナンバー制度も逆利用されれば、これ程恐ろしい制度は無い。次々と作られる法律には功罪が混在している事を忘れてはいけない。）

「出ないわ！　呼び出し音は鳴っていますが」鈴木師長が困惑の顔をした。

「連休で遊びに行ったのだろう？　それ程心配しなくても良いのでは？」と呑気に言う院長に瑠美は「私には、その様な呑気な事は言えません」と勢いよく立ち上がり「番号を教えて下さい、警察で捜して貰います」と言い放った。

驚いた師長は安西主任の携帯番号を瑠美に教えた。

瑠美は小磯にその番号を伝えて、ＧＰＳで場所が判らないか？　調べてくれる様に頼み込んだ。

携帯の呼び出し音が鳴っているので、電源は入っている。ＧＰＳ機能さえ有れば見つけられると期待したのだ。

瑠美は、七階のナースステーションに、安西主任が休みに何処かに遊びに行く話を聞いていないか？　と聞き取りに向かった。

一人の看護師が「最近、お付き合いしている方がいるみたいでした」と教えてくれた。

それじゃあ、デートかな？　と思った時、携帯の振動が瑠美の身体に伝わった。

三十話　危機迫る

電話は小磯からだった。

瑠美は、安西主任がデートをしていたら良いのにと思いながら携帯を耳にあてると「安西さんの携帯は、岐阜の高山の様だ、繋がらないのは今も同じだ」と小磯が言った。

「高山？」と聞き直した。

「何故？　高山に行ったのでしょう？」

「それは判らないが、まだ本人とは連絡がつかない」小磯も事件の状況に困惑していた。

瑠美は、高山にいる美佐に連絡をして、地元の警察に場所を特定して貰う様に頼んだ。

直ぐに美佐から電話がかかってきた。

「今ね！　警察に向かっているわ、的場刑事が待ってくれているのよ」

「麗子の写真を見て貰おうと思った人の一人が亡くなったの、後の一人が安西主任なの！　安西主任が心配だわ！　絶対に見つけて！」

「頑張ってみるけれど、瑠美、写真見せるって誰に話した？」

「結城さんだけ」

「結城さんが犯人って事は無いわね！　他に話していない？」

「誰にも話していないわ！　とにかく急いで探し出してね！」と電話を切った。

ふと瑠美の頭に小磯の顔が浮かんだ。

まさか、小磯が犯人の仲間？　嘘！　と心で否定をするが、少しずつ不安が大きくなって、小磯の顔が瑠美の心の中で大きくなっていった。

考えれば考える程、瑠美の総ての情報を知っているのは、小磯だけだとの思いが脳裏一杯に広がっていた。

その日の夕方、白川郷の観光地の裏山で安西主任の携帯が発見されたと美佐から電話があった。

美佐は「こんな場所には観光客は来ないし、こんな場所で携帯が見つかるなんて、事件に巻き込まれた可能性があるかもしれないわよ」と言った。

「まさか殺人事件？」

「多分、そうだと思うわ！　まだ遺体が発見されていないけれど、明日この付近の山を捜査すると的場刑事が話していたわ」

「ますます、怪しくなったわ」

「誰か、思い当たるの？」

美佐に自分の思う事を話してみると「冗談でしょう！　小磯先輩がその様な事するわけないじゃない。正義感の強いのは瑠美も知っているでしょう？」と一笑した。

「私もそうは思いたく無いけど、写真の話をしたのは結城さんと小磯先輩だけしかいないもの、結城さんは絶対に無いと思うの、だから……」

「それなら直接尋ねて見たら？」

「でも、もしも犯人の仲間だったら？」不安そうな瑠美。

電話を終わると瑠美は考え込んだ。

何故次々と事件が起こるのだろう？　殺人までして守りたいものとは？

写真を確認できるのは美羽一人になってしまったが、教えてくれる筈も無いと思った。また、手掛かりを失ってしまったのだ。

自分の調べた情報は犯人に筒抜け状態だと痛感した。

瑠美は一晩考えた末、朝から東邦日報の仙台支店に小磯を訪ねて行こうと腹を決めた。

憂鬱な気分で向かっていると、美佐から「近くで乗用車が見つかったよ」と連絡があった。

「乗用車？」

「そう、車から安西主任の指紋が多く発見されたので、白川郷まで誰かと一緒に乗ってきたと思われるわ！　今から捜査が始まるの、また何か判れば連絡するわ」

「お願いするわ、私はこれから小磯先輩に会いに行くから」

「それが良いと思うわ！」

瑠美は、憂鬱な気分で東北新幹線はやてに乗り込んだ。その時瑠美の様子を窺うサングラスをかけた不審な男が同じ車両に乗り込んだ。


大宮を過ぎた頃、俊郎が「小林看護師殺害で目撃情報が出ましたよ」と電話をかけてきた。

「不審な二人組の男女が、近所のコンビニ近くで目撃されたそうです」

「結城さん聞いて。私の情報が漏れて、次々事件が起こっているように思うの！　私の情報を知っているのは結城さんと小磯先輩だけ。小磯先輩がまさかとは思うけど、確認するために今から仙台の東邦日報に行くのよ！」

「何時に到着ですか？　私ご一緒しても良いですか？」

「そうですね、私の情報を知っているのは結城さんと小磯先輩だから二人一緒が良いかも知れないわ！　一時過ぎに仙台に着きます」

「では、中央改札口で会いましょう」

もし、小磯が事件に関係していたらと思い、瑠美の事を心配し一緒に行くことにしたのだ。

不審なサングラスの男は、瑠美の三席後ろで瑠美の様子をじっと窺っていた。しかし、手帳を見ながら事件の事を考えている瑠美は、その男に全く気が付いていなかった。
手帳には、小磯義之と大きく書いて？のマークが大きく載せられていた。
水原真之介の＝娘、麗子（嘉納家の娘）＝陳美麗が生んだ娘？？？
南俊一（陳傑森）＝姉（父親、水原真之介）
交通事故を十年以上前に起こす＝事故の偽証―黄博向
黄博向の妻―松藤美羽＝結城俊郎（交際）＝事故で妻と子供を失う―南俊一（加害者）
事故現場は兵庫県―水原真之介（淡路島出身、警察関係者）
事故を起こして困った南俊一が、姉に頼み込む？

南の姉＝水原麗子は同一人物と書いて伏線を書き込む瑠美。

南俊一（四年以上前に死亡）＝黄博向（美羽の主人）この二人に何がある？？？

そんな事を書いて考えていると新幹線は仙台駅に着いた。瑠美は、慌てて荷物を持って降りた。

サングラスの男も遅れずに瑠美の後を追い掛けて、新幹線を降りた。

瑠美がエスカレーターに乗った時、後ろにいた男が突然、背中にナイフに様なものを押しつけて「騒ぐと命は無い」と言った。

青ざめる瑠美に「指示する方向に歩け」と耳元で囁く。

「判ったわ」と後ろを見ようとすると「振り向くな！」とすごむ。

エスカレーターを降りて、中央改札に向かって歩いた。瑠美は、中央改札の向こうに、俊郎の姿をいち早く発見したが、声を出すことも出来ない。

俊郎も瑠美を見つけて手を振ったが、瑠美の様子がおかしいのに気が付き、直ぐに挙げた手を下ろして様子を見た。瑠美の後ろにぴったりと男が付いているのが見えた。

改札を出る二人が俊郎の前を通り過ぎる時、俊郎は咄嗟に男に体当たりをした。

「たすけて――――」瑠美の大きな声が構内に響き渡った。

三十一話　罠に填まる

突き飛ばされた勢いでサングラスが飛び、倒れこんだ男は慌てて立ち上がると、わき目も振らず人混みの中を逃げて行った。

瑠美の叫びに気付いた駅員は逃げた男を追い掛けた。

その時「ズダーン、ズダーン」と銃声が構内に響き渡り、あちらこちらから悲鳴が起こった。

改札前は騒然となり、大勢の人々が床に臥せ、時間が止まった様に人々は動かなくなった。

男は人混みをかいくぐり走ると、コンコースから人混みの中に消えて行った。

起き上がろうとする俊郎に瑠美が駆け寄り「結城さん、ありがとうございました。怪我はありませんか?」と腕を支えた。

しばらくして鉄道警察がやってきて二人は鉄道警察の詰め所に連れて行かれた。状況を尋ねられたが、詳しいことはわからず何も答えることはできなかった。

先ほどの銃声は、逃げた男ではなく別の場所で発砲されたもので、仲間が男を逃がす為に天井に向けて発砲したのではないかと鉄道警察が二人に話した。

瑠美は警察に弁護士助手の名刺を見せて、住所の確認が出来たのと俊郎は警察に問い合わせると身元が確認されたので鉄道警察からは解放されたが、直ぐに宮城県警の根津と藤井から、俊郎に面会の要請があった。結局二人は仙台警察に行く事になり、東邦日報には夕方まで行けない状況となった。

仙台市内は緊急配備の警察車両で溢れた。この発砲事件で失跡した二人の捜索が大規模的に始まることになり、また、駅構内の監視カメラの画像分析が同時に始まった。

テレビのニュースもこの事件を一斉に報道し、全国各地で仙台駅構内の発砲事件が大きく取り上げられた。

瑠美も俊郎も名前を報道されなかったのが幸いであった。

仙台警察署では、根津と藤井が、いったい何を調べているのだと二人に執拗に尋ねてきた。監視カメラの画像から見ると、瑠美を襲った犯人は、プロの殺し屋だと刑事達は判断していたからだ。二人はその画像を見せられて心当たりはないかと尋ねられても、全く心当たりはなかったが、この時初めて犯人たちの顔が判った。

二人は、水田朋子殺しとの関連を聞かれて「多分関連があると思います」と答えた。

水田朋子が殺されたと思われる仙台市内のプールを虱潰しに捜しているが、今現在不審な人物は見つかっていない。休みの日か夜に侵入して殺したか？　プールの水を運び別の場所で、水の中に顔を押し付けて殺したかとの見解だと言った。

「我々も判っている事を教えたのだ。少しは教えてくれないか？　君たちも命を狙われたのだぞ」

二人の刑事も必死である。

「仕方が無い、話すわ。私は品川総合病院の安西看護師主任に会う為に東京に行きました。でも、会う前に安西主任は高山で行方不明になっていました」と瑠美が話した。

「看護師が高山で行方不明？　それは何故？」

「もう一人会う予定だった同じ病院の小林看護師は自宅に強盗が入り殺害されました」

小林看護師の事件はニュースで流れたので、刑事達は把握していたが安西主任の失踪は知らない様だ。

藤井が安西主任の失踪について高山警察に確認をすると、瑠美の話の裏付けがすぐに取れた。

「何の為に会いに行ったのですか？」

「黄美羽さんが勤めていた病院に、入院されていた南俊一の姉の顔を確認してもらう為です」

「水田朋子の殺害と関係があるのか？」

「私はそう思っています」

「どういう事だ？」

瑠美は、南の姉の顔を知っている二人がいなくなった今、警察の手で捜す以外に南の姉を確認する方法が無いと思い、二人の刑事に今までの一連の事件を全て話し、美羽と黄そして、南俊一と南の姉の繋がりを説明した。

「美羽と黄を結んだのがその南俊一と言う男なのか」

二人はようやく警察を解放されて、東邦日報東北支社に向かうことができた。

小磯を犯人の仲間と疑っている瑠美は、東邦日報東北支社には連絡を入れていなかった。

「小磯さんは、今日は見ませんね！　取材かな？」女子社員が答える。

「そうですか。では、もう一度携帯にかけてみます」とその場で小磯の携帯に連絡するが繋がらない。

「困ったわ、何か連絡の方法は無いかしら？」と相手に聞こえるように独り言を言った。

女子社員がそれを聞いて「誰か行き先を知っている者がいるかも知れませんから、聞いてきます」と小磯のデスクの方へ向かった。

しばらくして戻って来ると「この手紙を須藤瑠美さんに渡して欲しいと、小磯さんから預かっていた様です」と封筒を手渡した。

その封筒は堅く封印されていた。

瑠美は、お礼を言うと支社を出て近くの喫茶店に入った。

「何が書いてあると思う？」俊郎に見せて微笑む。

「犯行告白でしょうか？」

「違うと思うわ、多分私が小磯先輩を疑ってここに来る事を予期していたのだと思うわ」

そう言いながら、封筒を開けて便箋を取り出し広げて読み始めた。

「ちょっと待ってよ！　危険だわ！」と読みながら口走る。

「どうしたのですか？」

「誰かは書いて無いけれど、台湾の調査を依頼した人から今回の話が本社の誰かに筒抜けになっているようだと。それを確かめてくると結んでいるわ」

「一人で？　それは、危険です」

「小磯先輩の携帯が繋がらないのよ！」と言って再び携帯に電話をする瑠美。

「駄目だわ！　繋がらない」


その頃小磯は死体と一緒にいた。

小磯は目覚めると隣に誰かがうつぶせに倒れているのが見えた。

後頭部が陥没していて、鈍器で殴られた様に見える。

「死んでいる！」怖くなった小磯は慌てて外に飛び出し、山道を無我夢中で走った。

しばらくして、我に返った小磯は、死んでいた人が誰かも確認せず、携帯も何も待たないままに飛び出したことに気が付いた。

倒れていたのは山中の別荘の様な処だったが、ここがどこなのかすら全く判らない。

仙台の喫茶店で昨日鴻池盛雄さんとコーヒーを飲みながら話をした事までは思い出したが、その後の記憶は全く無かった。

日が暮れて徐々に暗くなって来る中を休まず歩き続けると、ようやく民家が現れてそこに女性らしき人影が見えた。

小磯は、慌てて「ここは、何処でしょう?」と妙な言葉を投げかけてしまった。

携帯も名刺も全て失っていた小磯には連絡手段も身元を証明するものがなにもなかった。

そんな小磯を怪しげに見ている女性に「私は東邦日報の東北支社の小磯です、怪しい者ではありません」と言ったところ一層怪しい印象を与えてしまった。

「…………」

女性は何も言わず怯えた様子でじっと小磯を見ているだけだった。

「警察に電話して下さい！　この上の別荘で、死体を見ました」

その言葉にさらに驚いた女性は逃げだしたので、小磯もその場を立ち去った。

しばらくするとパトカーのサイレンが大きく鳴り響き、夕闇の山村が急にざわめいてきた。

三十二話　見えてきた事件

小磯は山道を歩きながら携帯が無い不便さを痛感していた。

携帯に総ての電話番号を登録して記憶などしていないため、電話を借りたとしても番号が判らない。

ここはどこなのか？　瑠美の番号がどうしたら判るだろうかと思いながら、夜道を彷徨う小磯だった。

電柱に山梨県内の地名が書かれて在るのを見つけて、自分が山梨県に連れて来られたことがやっと判った。


俊郎と瑠美は、夕食の為に駅前の中華料理の店に入るとテレビから、山梨県河口湖の空き別荘で男性の死体が発見されたとのニュースが流れていた。

「死体は所持品から東邦日報本社編集部次長、鴻池盛雄さん五十八歳と判明。現場には同僚の東北支社小磯義之さんの携帯電話と免許証が発見されており、別荘の方向から、男が逃げ去るのを見たとの証言もありました。その男が小磯ではないかと思われます。尚、犯行に使ったと思われる青銅の置物からも小磯の携帯と同じ指紋が検出されており、小磯が仕事上のトラブルで、殺害した可能性が高いと現在、重要参考人として警察は行方を追っています」と報道された。

「えっ!!　小磯先輩が?!　嘘!」瑠美の驚いた声に、店の中のお客達が一斉に振り返った。

瑠美は慌てて何事もなかったように平静を装った。

「鴻池次長って、知っていますか?」

「本社の次長でしょう?　知らないわ」

「小磯先輩填められたのよ」

「小磯さんが頼んでいた人って、鴻池さんでしょうか?」

「多分そうだと思うわ!　聞いて見る」

そう言って瑠美は早速誰かに電話を掛ける。

瑠美が電話を終えると「鴻池さんに間違いないわ、鴻池さんは台湾支局に六年程勤務しているわ」

「すると、鴻池から情報が漏れた訳ですね」

「犯人は、小磯先輩が怪しみ出したとわかり、小磯先輩に罪を被せようと企んで殺したのよ！恐い連中だわ！」

「瑠美さんを狙った男も同じ連中で、もしや台湾マフィアとか？」

「きっとそれだわ！　私を狙った男の声は普通の日本語では無かったもの」

「このままだと、小磯さん犯人として警察に捕まりますよね」

「時間の問題でしょうね、捕まったら本人は無実を証明出来無いでしょうから、私達が真犯人を捕まえなければいけないわ」

「何か当てはありませんか？」

「南の元嫁を捜すのはどうかしら？　鴻池さんに会っているかも知れないわ」

「私が元嫁の事を美羽に尋ねて見ましょうか？」

「それは、駄目よ！　逆に私達が探っていることを犯人に教えてしまう事になるわよ」

「では、南の奥さんの居場所をどうやって調べますか？」

「戸籍を調べれば判ると思うわ」


小磯は予想外にも警察に捕まらずに、河口湖から脱出し、ヒッチハイクで検問をくぐり抜け東京方面から離れていた。

警察は自分が殺人犯と思っているに違いないと小磯は考え、警察に捕まらないように逃げることにしたのだ。

実は、真犯人には小磯が逃げてくれる方が、都合が良かったのだ。だが、そのことを本人は勿論知る筈も無かった。

自宅には警察が監視していると思うので、連絡は出来ない。

コンビニに入ると新聞に大きく『重要参考人、小磯!!』という文字が目に飛び込んできた。

「やはり疑われている」と呟き新聞を手にした。そこには、鴻池さんを殴った凶器とみられる青銅の置物に小磯の指紋が発見されたと掲載されていた。

「殺されていたのは鴻池さん！　何故？　鴻池さんが？　そして、何故、凶器に僕の指紋が？　誰かにはめられたのか？　いったい誰がなんのために？」と口走った。

真犯人が見つかるまで捕まるわけにはいかないと小磯は、高山の美佐の旅館なら匿って貰えると考え高山に向かうことにした。

幸い財布は残っていて、現金も数万円入っていた。

「小磯さんが鴻池さんから聞いた情報は正しかったのでしょうか？」と俊郎が瑠美に聞いた。

「最初は、鴻池さんも普通に調べられる事を教えたでしょうがね、途中からそのことを知った誰かが企んで、正確な情報を鴻池さんが掴めたかはわからないわ、まして小磯さんに罪をかぶせて鴻池さんを殺したのだから」

「恐い人達ですね」

その時テレビの放送が、選挙の話題となった。

それを見て「選挙？　えっ！　水原真之介の孫が出馬って今流れたわ！」突然驚いた瑠美。

「父親と祖父が、私の妻子の交通事故を偽装していて、それが明るみに出れば出馬どころではないですね」

「それよ、私達が十年以上前の事件を掘り起こしてしまえば、水原真二郎の選挙は終りよ！だから必死になっているのよ！」

「私の家族が殺された事が証明できればですね」

「でも何処にも証拠は無いわ、相手の南は死んでいるし」

「唯一の生き証人は黄博向！　彼が危なくないですか？」

「簡単には殺すと秘密がばれる危険があるので、仲間にするでしょう？」

「そうですよね、黄も自分の身を守る事は知っていますよね」

「だから南の姉が水原麗子だと証明する必要があるのよ」瑠美はそう言い切った。

二人は食事を済ませると店を出た。

「でもどうしても判らないのですが、里田夫妻が殺された事と、水原麗子が何故嘉納家の養子になったのかが？」

「水原麗子と南の姉が同一人物とすれば、真之介のスキャンダルを隠す為に一旦加納家の養女にして引き取ったと考えられるわ。自分の子供が娼婦に産ませた子供だったら、大臣まで登り詰めた時に困るでしょう。特に警察の上層部の人間だけにね」

「それは、立場上大変なスキャンダルになりますね」

「少し事件が見えてきたでしょう？」

「流石に須藤さんの推理は凄いですね」

「水原麗子と南が姉弟関係ならば、実の弟が事故を起こして頼って来たので、一肌脱ぐことは考えられる」

「私の家族が本当に殺されたかも知れないのですね」

「まだ、何処にも証拠はありませんが、そう考えると筋道がはっきりするわ」

その時、瑠美の携帯電話がなった。須藤健三郎からだ。

「小磯君があの様な事になって、手助けが必要だろう？」と言った。

「叔父さん、良いタイミングだわ！　二つ調べて欲しいの！　南俊一の別れた嫁の現住所と水原麗子が養女になる前の嘉納麗子の戸籍を調べて欲しいのよ」と言って自分の推理も説明した。

「よし、急いで調べる！　今夜はゆっくり休め」

須藤健三郎も事件の解決が近づいている様な気配を感じていた。

三十三話　改名の謎

翌日美羽は夫の博向に「最近誰かに尾行されている様な気がするのよ」と話した。

「実は俺も誰かに絶えず見張られていると感じる、警察だと思うのだが、何故俺を見張るのかよく判らない」

「警察が捜しているのは、貴方の会社の事務員をしていた水田さんが殺された事件でしょう？　貴方水田さんと何かあったの？」

「ある訳無いだろう？　美羽の様な美人と可愛い美貴がいて、最高に幸せなのに！　日本の警察は暇なのだろう？」と言って笑いながら娘の美貴と戯れる博向。

数年前の事、二人が付き合いだして八ヶ月が過ぎた頃に突然博向が、九州から帰った美羽に「美羽の付き合っている親父は、俺の知っている男かも知れない」と空港で見た結城敏郎のことを言いだしたことがあった。

「来月河津桜に行くから、確かめてよ！　気になるわ！」と美羽。

それより少し前、美羽は博向に「自分には親切にされて、何年も付き合っているおじさんがいるのよ」と思い切って話をしていた。

「美羽さん程の美人が今まで一人だったほうが不思議な位ですよ！　でもそのおじさんとは結婚はしないのでしょう?」

「勿論よ！　親子程歳が離れているのよ！　昔親切にされて何となく好きになって、もう六年になったわ！　日本国中一緒に旅行もしたの、楽しかったわ」

「今でも好きなのか?」

「嫌いじゃ無いわ！　結城のおじ様は優しいのよ」

「結城?　南さんの交通事故で亡くなった妻子も確か結城だったな」

「珍しいわね、同じ名前の人に関係があるなんて」

「俺の知っている結城っておっさんは、姫路の男だよ！　東京からは随分離れているだろう?」

その言葉に驚いた美羽が「私の付き合っている人も姫路なのよ！　彼は事故で家族を亡くしたの」と言った。

それを聞いた博向はさらに驚いた。同一人物ならありえない偶然である。

「そのおっさんの写真は持ってないか？」

「おじさんは私を写すけれど、私は写さないから一枚も無いのよ」

「今度はいつ会うのだ！」

「もう来年まで会わないわ、年末は忙しいから会えないって話していたわ」

「今度は何処に行く約束をしている？」とベッドでタバコを吸いながら尋ねる。

美羽は「私も一本頂戴！　今度は九州に行くのよ」とタバコに火をつけると用心深く煙草を吸う。

「よし、一緒に行って見てやろう！　同一人物なら別れてくれよ」

「そりゃそうよ！　事故とはいえ彼の家族の命を奪った車に乗っていた彼方と私が付き合っているのに、彼とはこれ以上交際を続けることなんてことできるわけないわ」

博向は「しかし、もし本当なら恐い話だ！」と言ってタバコを消すと、悪夢を消すかのように再び美羽の身体を求めだした。

その時はまだ、美羽にはそんな偶然はありえないと思っていたのだった。

そして、二月になり河津桜の場所で黄は初めて結城の顔を見た。驚いた黄は、熱海駅で乗り換える電車の中で「美羽！　間違いない！　南先輩が事故を起こした相手のおっさんだ！」と美羽に告げた。

その言葉に美羽は青ざめ、偶然の恐ろしさに、背中には鳥肌が立っていた。


黄博向は詳しく事故の様子を美羽に話した。先輩南俊一がトラックを運転中、信号無視で交差点を突き進んできた乗用車に接触し、相手の車は側壁に激突して大破した。トラックの助手席に乗っていた自分が、相手の乗用車の信号無視を警察に訴えたが同乗者での証言は参考にならないと言われた。しかし、後日警察が詳しく検証した結果、自分の証言が正しかったことが判り乗用車側の信号無視が実証されたと話した。

家族を一瞬の事故で失った俊郎と、その事故の相手方運転手の友人で事故の証言をした黄。美羽にはこの二人と同時に付き合う事は心情的に不可能と感じて、俊郎には理由も告げられず別れたのだ。


美羽は、警察が自分達の身辺を捜査しているのは、水田朋子殺害の手がかりを探すためで、社員全員を調べているものだと思っていた。

俊郎が宿泊したビジネスホテルの放火事件でも、自分たちが疑われているとは想像もしていなかった。

　須藤健三郎が電話で「不思議な事が一つ判ったよ！」

「早いですね、先生にしては敏速ですね」瑠美が煽てる様に言った。

「先生にしては？　それは余分だよ！　水原麗子で不思議な事が一つ見つかった」

「何ですか？」

「嘉納麗子は改名しているのだよ！」

「改名？」

「五歳の時に麗子になっている、以前は嘉納清美と言う名前だ」

「先生！　嘉納家の兄弟は？」

「兄が二人、姉が一人で、二人の兄は既に亡くなっているが、姉の清子は八十歳の高齢だが健在だ」

「一度その姉に会ってみます、麗子とはかなり年齢が離れていますね」

「麗子は後妻の子供で、嘉納家の当主嘉納長治郎は麗子が五歳の時に亡くなり、麗子は居場所が無くなったかも知れない」

「姉清子の住所をメールで送って下さい、それから南の元嫁のことは何かわかりましてか？」

「そこまではまだ判らん！　判ったら直ぐに連絡をする」

嘉納清子は高山の造り酒屋の糀谷家に嫁いでいるのが判った瑠美は、再び美佐に調査を依頼する事にした。

美佐に電話を掛けると「今、見つかったのよ！」と逆に美佐から大きな声が響いた。

「小磯先輩?!」

「違うわよ！　安西看護師が絞殺死体で発見されたのよ！　場所は白川郷の山中」

「予想はしていたけど、絞殺なのね」

「それも、乱暴された形跡があるのよ！　だから警察では変質者の線も探っているわ」

「乱暴されている？　それって偽装ではないの？」

「かもしれないと私も思うけど、今警察は他に犯人の遺留物が無いか捜しているらしいよ」

「わかったわ。それで、取材で大変な時に申し訳無いけど、糀谷清子に会ってほしいの」

「糀谷酒造でしょう？　私の旅館も取引があるから、簡単よ！　清子お婆さんも面識があるわ、それでどうすればいいの？」

「清子さんの妹清美さんは麗子と改名していることが判ったの、それで、なぜ改名したのかその理由が知りたいの」

三十四話　意外な接点

瑠美は今までの事件・事故を列記してみた
①水田朋子が失踪し、牡鹿半島で溺死体で発見。死因はプールの水での溺死だった。
②里田夫婦が高山の自宅のガレージでの、排気ガスによる窒息死。
③品川総合病院の小林看護師は自宅で強盗に殺傷され死亡。
④品川総合病院の看護師安西主任は白川郷の山中で絞殺、暴行も受けていた。
⑤結城さんが放火で狙われた。
⑥私も仙台駅で狙われたが、犯人は、日本人では無い可能性が高い。
⑦東邦日報の鴻池次長が殺されて、小磯さんが犯人にされている。
十年前には
①結城さんの家族が交通事故で死亡。
②その事故を担当していた浅原刑事が、淡路島にてひき逃げされ死亡。
翌日、糀谷酒造を尋ねて清子に会った美佐は、清子から妹は小さいときに亡くなったと聞いた。

早速、美佐はその報告を瑠美にした。

「加納清美は小さいころ亡くなった？　じゃあ麗子と改名して水原真之介の養女になったのはいったい誰なの？」

「瑠美さん、麗子は戸籍を偶然手に入れたのではないでしょうか」と俊郎。

それにヒントを得た瑠美は「誰かが、陳美麗さんの子供を日本に連れて来て、嘉納家の亡くなった娘清美とすり替えた。そして水原真之介はその子を養女として迎え入れたのでは」と推理した。

瑠美は少しずつ事件の核心に近づいているのだが、自分も結城さんも、誰かに監視されているので、迂闊に動けない。

瑠美は仮説を考えていた。

それはこの養子縁組を仕掛けたのがもし里田の祖父だったとすれば？

また、亡くなった里田夫妻が偶然そのことを知ってしまったなら、殺される可能性はあるかもしれない。しかし殺される動機はそれだけでは弱い気がする。

違う何かを里田夫妻が知っていたのではないだろうか？

瑠美は美佐に、今度は里田の祖父を調べて欲しいと依頼した。

里田夫妻が殺されたのならば、結城さん家族の事件以前の問題が起因していると瑠美は思った。

約五年前、品川総合病院で南の担当を美羽と祐子は交代で担当をしていた。

見舞いに来た黄博向が、美羽と交際を始めた頃に祐子は里田友之と見合い結婚して、府中総合病院に逃げる様に変わった。

祐子は夏に夫友之の実家に帰った時に、ガレージにて排気ガスで死亡した。

「この里田の祖父が警察幹部だった事が、引っかかるわ」独り言を口走る瑠美。

瑠美はパソコンで、水原真之介の年代と足跡を比較しながら調べ始める。

丁度国会議員になる頃と、麗子を養女に迎える時期が合致していた事が判った。

「今回の孫の真二郎と重なる様な感じね」呟く。

五十年の時を経て、孫の真二郎の衆議院選出馬を前に、蘇った半世紀前のスキャンダル？

瑠美は考えながら背筋が冷たくなる気がした。


その時「小磯さんが旅館に来たの…どうしよう？」と美佐が悲壮な声で連絡してきた。

「会ったの？」

「まだよ！　私調査に出ていて、主人から今電話で知らされたの」

「小磯さんは犯人では無いわ、填められたのよ！　匿ってあげて！　私もそちらに向かうわ！　秘密は高山に隠されている様だから」

「えー！　ここなの？」

「取り敢えず、早急に里田さんの祖父を調べて！」

宮城県警は水田朋子の殺害と、結城俊郎が宿泊していたビジネスホテルの放火を同一犯人と断定した。それは、水田の脅迫文に結城の名前が書かれていた事、そして二人が狙われた事に起因している。

県警は俊郎に尾行を付け犯人が近づくのを待っていた。

また、警察では水田の送った文章にある結城に関する秘密とは何なのかも調査していたが、結城の周辺を調べても秘密の欠片も見つけられなかった。

水田朋子の胃の中にあった水の成分から、仙台市内の三カ所のプールが特定されたが、市外の可能性も出て来た。

そこで更に詳しくし水質調査で塩素の濃度を調べたところ水源が広瀬川と判り、緑スイミングクラブ、仙台市営プール、宮城野スイミングの何れかの水であることが判った。

ただ、仙台市営プールはシーズンオフなので除外されると、年中使われる温水プールの緑スイミングクラブと宮城野スイミングのいずれかであることが判った。両方とも会員制の為、県警は会員を徹底的に調べたが、不審な人物の特定は出来なかった。

そこで、県警の根津と藤井は俊郎に、二つのプールの会員名簿を結城に見せて、知っている人物がその中にいないかを尋ねる為にやって来た。

リストを見る俊郎の目が途中で止まった。

「知り合いですか？」と横から覗き込む根津刑事。

「これは、緑スイミングクラブですよね」俊郎が尋ねる。

根津が「このスイミングクラブは、障害の有る子供にも水泳教室をしている大変ボランティア活動にも熱心な社長ですよ！　それが何か？」と言うと、「そうですよ、水泳の大会にも多数の選手を送り出していますよ」横から藤井が付け加えた。

「この松藤剛って？」

「彼は、障害者の世界大会に出場した有名な選手ですよ、県民賞も貰ったと思いますよ」

「確か彼の記録はまだ残っていますよ」

「そうでは無くて、彼って黄美羽さんの弟さんでは？」と俊郎が言った。

三十五話　鉢合わせ

「精神薄弱の人達の事は調べなかったな！」根津が言う。

「でも、松藤君も水泳馬鹿と言われる程水泳一筋の人だし、殺人をする様な人ではありませんよ」藤井刑事が大きく否定する。

「そうだよな、水泳以外の事は殆ど出来ないと聞いているから、論外ですよ！　結城さん」根津刑事が笑いながら言った。

「私も、身体障害者の人が犯人だとは話していませんよ！　偶然目に付いたので驚いただけです」

「そうでしたか、他の人は全く心当たりが無いのですね」

「はい、全くありませんね」と話したが、俊郎の頭では何かが引っかかるものを感じた。

「私は全く彼を知らないのですが、症状的には犯行を起こせる人物ですか？」

「彼は無理ですね、水泳以外の事は小学生並ですからね、真面目な青年ですよ、今は現役を退いて後輩の子供達に水泳を教えていますよ！　教えると言っても一緒に泳ぐだけですがね」そう言って微笑む。

「それなら、無理だな！　取り越し苦労か？」と心の中でそう思う俊郎だが、何処かで美羽が事件の関係しない事を願っていた。

瑠美はその日の内に高山に向かっていたが、私服の宮城県警の首藤と高木の二人の刑事が瑠美の尾行をしていた。

仙台駅での事件の後、再び犯人が襲ってくる可能性があるので、ガード兼尾行であった。

新幹線に乗ると同時に健三郎から「遅くなってすまない、南の前の奥さんは今箱根の旅館に勤めている、名前は南洋子さんで、勤め先は湯本箱根ホテルだ。子供はいない」と連絡があった。

「ありがとう、高山に向かっていたけど先に箱根に行くわ！　今夜泊まろうかな？　叔父様経費でお願いね」

「立派なホテルだから高いぞ！」と健三郎が言う前に電話が切れた。

瑠美は南の元妻が、南の姉を知っている事を祈りながら、箱根のホテルを予約した。

現在、高山の警察が安西看護師事件を追い、東京の警視庁が強盗殺人で小林看護師の事件を追って、宮城県警は水田朋子溺死事件と仙台駅構内の発砲事件を追っている。

縦割りの為、それぞれの事件は独自に犯人を捜しており、お互いの事件の関連性には触れないのであった。

夜になって、美佐が電話で「里田さんの祖父は岐阜県警の部長で、警視正をされていた様です」と報告してきた。

「幹部なら水原真之介と交流があっても不思議では無いわね」

「もうひとつ、嘉納酒造とは先代の時から懇意だった様です」

「そう、決まりだわね！　もしかしたら麗子さんは里田さんのお爺さんの子供で台湾から連れて来たのかも知れないわよ！」

「えー、そうですか？　もう少し調べて見ます」

頭に筋道が徐々に見えてきた瑠美は、駅に着くとすぐにホテルに向かうタクシーに乗り込んだ。

ホテルに到着すると早速南洋子の事をフロントで尋ねたが「南さんは今日早番で帰られましたよ」と係が答えた。

「明日は来られますか?」

「はい、早朝から来ていますよ、何かご用でしょうか?」

「いえ、知り合いなので」と誤魔化す瑠美。

須藤健三郎から洋子の住所も聞いていたが、夕方なので明日まで待つことにした。

尾行の警察が、瑠美がフロントを後にすると、瑠美が何を尋ねたかを聞いていた。

宮城県警の二人の刑事には南洋子の情報がない。

南洋子の自宅は比較的ホテル近くのマンションだったので、二人は別れて首藤刑事が洋子の自宅を調べに行く事にした。

瑠美の警護でホテルに残った高木刑事は、瑠美が部屋を出たら連絡をくれるようにフロントに頼みロビーで待機をしていた。

しばらくすると、救急車の音とパトカーのサイレンが鳴り響いたので高木刑事は胸騒ぎを感じた。瑠美も同じく胸騒ぎがして部屋を飛び出した。

フロントが高木刑事に瑠美が部屋を出た事を伝えたのと、瑠美が一階のエレベーターから出てくるのが同時だった。

瑠美はサイレンの方向に向かおうと、ホテル玄関に待機しているタクシーに急いで乗り込んだ。

高木刑事も次のタクシーに乗り込み後を追った。

動かない車にいらいらして「事件で混んでいますね」と運転手が言った。

前方のタクシーから瑠美が降りて、歩き始めたのを見つけた高木刑事は、慌ててタクシーを降りて後を追うと、前方に大きな人盛りが現れた。

「何があったのですか?」瑠美が人混みにいた女性に尋ねると「刑事さんが撃たれた様ですよ」

と教えてくれた。

「刑事さんが撃たれて、即死らしい」「犯人は逃走、銃を持っているらしい」と集まった人々の話し声が聞こえる。

高木刑事は顔色を変えて、人混みをかき分けて中に入って行く。

「首藤！　首藤！」亡骸を抱えて叫ぶ高木刑事、地元の警察が直ぐに高木に事情を聞き始めたが、気が動転している高木は言葉を詰まらせて何も話せない。

瑠美は人混みをかいくぐって、南洋子のマンションを探し始めた。

電柱に南洋子のマンションと同じ番地が貼られているのを見つけたが、それは丁度首藤刑事の倒れている反対側のマンションだった。

瑠美は何故刑事がここで殺されたのか、咄嗟の事で理解できない。

規制線のロープが張られて、マンションの方には進めないので瑠美は仕方無くホテルに戻った。

何故警察が南洋子の事を知ったのだろう？　自分以外に警察も南洋子に何かを聞こうとしたのかしら？　とホテルへ歩いて戻りながら考えていると、仙台駅の発砲事件を思い出して、瑠美の脳裏に台湾人の姿が蘇った。

二十分程度の距離を歩きホテルが間近になったところで、フロントの男性が瑠美を見つけて駆け寄ってきた。

「大丈夫でしたか？　お怪我は？」と矢継ぎ早に尋ねた。

そのフロントの男性は、自分を守る為に宮城から二人の刑事がここに来た事、瑠美が尋ねた従業員の南洋子の住所を刑事に尋ねられて教えたこと事を話してくれた。

自分が行くかも知れない南のマンションに、確かめに行った首藤と言う刑事が殺された事を知った瑠美。

南洋子のマンションの前で犯人一味と、首藤刑事は鉢合わせをしてしまったのか？

今夜南洋子さんは無事だったのだと思う瑠美は、事件の核心に近づいている事を肌で感じていた。

三十六話　黒子

瑠美はフロントに、明日南洋子が出勤したら直ぐに連絡くれる様に頼んで、部屋に戻った。

テレビをつけると早くも先程の事件が流れていた。

亡くなったのは、首藤刑事三十五歳、宮城県警の刑事で、箱根に或る人物の警護に来ていて何者かに銃で撃たれた。犯人は二人組の男で、そのまま逃走しており今のところ行方が判らないと報道された。

犯人は、仙台駅で自分を狙った男と同一人物ではないかと瑠美は思った。

その男は、自分が南洋子の所在を突き止めたのを知り、先回りして南洋子の殺害を試みようとマンションに向かったところ、首藤刑事と鉢合わせして撃ったのではないかと推理した。


翌朝、瑠美はフロントからの電話で飛び起きた。

「南が出勤して参りましたが？」と言われて、時計を見ると六時を回っていた。

瑠美は化粧もせずに急いでフロントに向かった。

そこには四十代後半に見える小柄な女性がいて、瑠美を見つけると怪訝な顔で会釈をした。服装から、ホテルの清掃員であることが見てとれた。

瑠美は挨拶をし、近くのソファに招いて新聞社の名刺を差し出した。

「東北の新聞社の方が何か？」

「昔、南俊一さんと結婚されていましたね」と切り出す。

「随分前の事です！　陳と別れてから随分たちますから、何も知りませんよ」と何も関わりたくないように強い口調で答えた。

「もう、陳さんは亡くなられています！　四年以上前に」

「…、事故ですか？」

「いいえ、白血病で亡くなられました」

「四年も前に亡くなったのですか？　事故かと思いました。トラックに乗っていたと聞きましたから」

「この方知っていますか？」黄博向の写真を見せる瑠美。

洋子は覗き込んで「見た様な気がしますが？　台湾で会った人かも知れません、台湾人ですか？」と聞いた。

「そうです、黄博向さんと言います」

「ああ、思い出しました。陳が日本へ来るなら相談に来いと言った若者ですね」

「それでは、この方はご存じでしょうか？　この女性の事を聞きに来ました」そう言って麗子の写真を見せた。

覗き込んだが首を傾げて「日本人？　台湾人？」と尋ねた。

「陳さんのお姉さんで水原麗子さんだと思うのですが？」

「水原麗子？　姉ですか？　確かに陳の母親は陳美麗なので姉が麗子という名前は考えられますが、この写真は主人にも彼の母親の美麗さんとも似ていませんね」

それを聞いて瑠美は失望の表情を浮かべたが「陳さんのお姉さんが日本に住んでいることをご存じないですか？」と尋ねた。

「確かに姉が日本に住んでいるとは聞きましたが、陳は、会えないのだ！　会ってはいけないのだ！　と再三話していました」

「それは何故ですか？」

「姉にも姉の家族にも迷惑がかかるから会えないと、頑なに言っていました。でも仕事に失敗した時に頼りたいと漏らしたことがありました。私も彼の仕事の失敗が原因で離婚した感じでしたから」

「そこまで思いつめた状況でいながら何故会われなかったのでしょうか？」

「母親に止められた様です。そんな状況でも急に大型トラックの免許習得の為に教習所に通い始めましたので、その様なお金が何処にあったのと問い詰めましたが、話してくれませんでした」

「もしかして、姉が援助をした？」

「多分そうだと思います、そして比較的簡単に免許を習得出来たので、不思議に思いましたが、それからの私達は別居状態になり別れました」

「この写真がお姉様だとは判らないのですね」

「はい、判りませんね！　会った事もありませんからね」

「そうですか？　ありがとうございました」と肩を落とす瑠美に「一つだけ確かめる方法はありますよ」洋子が話した。

「それは、何でしょう？」瑠美は身を乗り出して聞いた。

「右足の踝の上に、三日月形の少し大きめの黒子があります、昔陳が教えてくれました。日本に行った姉も同じ場所にあると母親に聞いたそうですよ」

「姉弟は会った事が無いのですよね」

「それは判りませんが、母親が陳に何度も同じ事を話した様です、日本に行った麗子さんの事が気になったのでしょうね」

大きなヒントを貰った瑠美は、洋子に何度も頭を下げお礼を言って別れた。

洋子は、まさか瑠美が殺人事件の犯人を捜しているとは思いもしなかった。別れた陳俊一が白血病で亡くなったので、姉を捜しているのだと思った。

翌日から警察は同僚が殺害された事件に対して、宮城県警と神奈川県警が合同捜査本部を立ち上げ、一斉捜査に乗り出した。

現場周辺の防犯カメラの映像分析、目撃情報の聞き込みなどの捜査には三百人が動員された。

瑠美はその騒動を後に箱根を離れ、高山に向かう新幹線に乗っていた。

瑠美の行く先々で事件が勃発しているので、二人の刑事での尾行が再開されていた。

尾行に就いた刑事は、宮城県警ではなく急遽神奈川県警が手配した女性の茂木と年配の安住だ。

瑠美は尾行されている事に気が付いていたが、このまま高山まで尾行されると、小磯が見つけられるかもしれないと思い、途中の名古屋で刑事達を巻こうと考えていた。

途中で瑠美は高山の美佐に夕方旅館に行くと連絡した。

すると美佐が、小磯が麗子を調べるため台湾の楊と言う人物にコンタクトを取ろうとしていることを伝えた。

楊とは、小磯さんが、鴻池次長から懇意にしていると聞いていた台中市の老人で、おそらくその人物が情報元ではないかとのことだった。

三十七話　危機一髪

麗子の右足踝の上にある三日月形の黒子をどの様に見つけるか？

その黒子が見つかれば、麗子は真之介の実子と判明して、事件の全貌が繋がるのだが？

瑠美の推理は、次の通りだ。

南俊一は衝突事故を起こしてしまい、相手を殺してしまった。

そのことを助けて貰うために、やむを得ず姉麗子に相談した。

麗子は水原真之介が台湾で売春して娼婦に産ませた子供である。

警察トップが、海外とはいえ買春をする事は大きなスキャンダルになり、大臣の椅子を捨ててでも、子供がいない真之介は我が子の麗子を引き取りたかった。

そこで、麗子が娼婦の子供であることを隠蔽するために、麗子を亡くなった嘉納家の二女清美にすり替えた。そして清美を麗子と改名して養女として水原が迎え入れた。

その麗子から南俊一の事故の相談を受けた真之介は、当時兵庫県警のトップにいた里田慎治に頼んで事故の偽装工作を行った。

瑠美の推理は既に固まっていたが、裏付けの証拠が全く無い。

今週の日曜日は衆議院選挙の投票日であり、町には選挙カーが走り廻って、一気に選挙モードに入っている。

出馬している麗子の息子真二郎は世論調査では当確となっており、国会議員になれる可能性が高い。

しかし、息子真二郎の祖父真之介のスキャンダルが表に出ると真二郎の当選はなくなると考えた麗子が、次々と殺人を行ったのではないかと瑠美は疑っていた。

朋子が黄に送った「貴方達の結城さんに関する秘密は知っています、逃げられません」の文章が、このような連続殺人事件に発展するとはだれも想像は出来なかっただろう。

色々な事を考えていると、新幹線が名古屋に到着した。瑠美は、尾行している二人の刑事の様子を窺いながらワイドビューひだ号に乗り継いだ。

「飛騨高山に向かっているのでしょうか?」二人の刑事は瑠美が何処に行くのか皆目見当がつかない。高山の事件は管轄外の為、神奈川県警の二人には関連性が判らないのだった。

瑠美は、刑事の動向と殺し屋からも狙われていると周りに目を光らせていたが、小磯さんが見つかってはならないので下呂温泉で刑事達を巻こうと考えていた。

瑠美は一連の事件を一から整理してみた。

水田朋子さんの脅迫文に怯えた黄博向がその事を姉麗子に伝えると、麗子は事故のからくりが露見したと勘違いして朋子を誘い出して殺害した？

数年前に殺された里田夫妻は、何が原因なのだろう？

その後の小林看護師と安西主任看護師の殺害は完全な口封じの為の殺人？

南洋子に会いに行った首藤刑事が射殺された。

実行犯は台湾マフィアの様な連中？　その連中を使っているのが麗子？　真之介？

孫真二郎が国政に進出する時期に合わせての今回の騒動は、水原家には大きな衝撃になったのだろう？

その様な事を考えている内に、間もなく電車は下呂駅に着こうとしていた。

瑠美はトイレに行く様に見せかけて席を立った。

それを監視している茂木と安住刑事。「トイレですかね？」茂木が瑠美の動きを見て言った。

「ここまで来たら、高山に行くと思うな！　まだ、旅館に入る時間では無いからな」時計を見ながら言う安住刑事。

「私、気になるので見てきます」茂木刑事が瑠美の後をつけて行った。

電車が下呂駅に到着すると、車両内を急に走り始めた瑠美は電車からホームに駆け下りた。

それに気づいた茂木刑事が、瑠美を追い掛けて飛び降りるとすぐに扉が閉まった。

瑠美がホームを走って改札の方に向かうと、茂木刑事はそれを追い掛けながら携帯で安住刑事に連絡をした。

改札の向こうでは美佐が手を振って出迎えていた。

瑠美は、美佐の方へ急いで走ると「早く、追い掛けられているの！」と叫んだ。

駅から駐車場に走って行く二人を、必死で追い掛ける茂木刑事。

駅前の駐車場に停めてあった車が発進したが、車に清水旅館と書かれているのを発見した茂木はそれを手帳に書き留めた。

茂木は安住刑事が戻って来るのを待ったが、下呂駅から先は高山迄停車駅が無いので、茂木は下呂駅で一時間以上待たされる事になった。

瑠美は美佐の旅館で久しぶりに小磯と再会し、自分の推理と事件の経緯を話した。

瑠美の推理に小磯は、多分推理は間違っていないだろう、里田夫妻が殺された原因は判らないが、他はほぼ間違いないだろうと言って感心した。

自分は鴻池次長殺しで追われている身だが、早急に事件を解決してこれ以上の犠牲者を防がなければと力説した。

また、台湾の楊と言う人物を捜しているが、今の処連絡が届いていないと言った。

総ては水原麗子が陳美麗の子供だとの仮定の話だから、捜し出さねば事件は解明されない。

小磯と瑠美は、麗子に正面からぶつかるしか方法がないと思い、明日神奈川の水原麗子を訪ねることで意見がまとまった。

そうと決まると早速神奈川へ向かう為、小磯と瑠美は再び美佐に下呂駅に送ってもらう。

ようやく下呂駅に戻った安住刑事は茂木刑事と合流して、下呂温泉清水旅館に向かったが、着いたのは瑠美たちが清水旅館を出発して五分後だった。フロントで聞くと瑠美を駅まで送っていったと言われて、二人は慌てて下呂駅に引き返した。

瑠美は護衛されていると言うよりは、寧ろ犯人おびき出す為の囮の様になっていた。

下呂駅に茂木達が到着した時には、瑠美たちは既に電車に乗って下呂駅を去っていた。

小磯と瑠美は刑事達を巻いて神奈川に向かったのだった。

小磯は指名手配されているので、帽子にサングラス姿をしていた。新幹線に乗り継ぐため途中下車した名古屋駅では、周囲を警戒した歩き方が、逆に挙動不審に見えた。

改札のところで二人を見つけた鉄道警察が近づいてきた。茂木刑事達からの連絡で、鉄道警察が動き出して瑠美を捜していたのだ。

それに気づいた瑠美が「先輩！　逃げて！」と叫ぶと、改札を抜けた小磯はすぐに走り出した。

瑠美は小磯とは反対方向に逃げて混乱させようとしたが、直ぐに取り押さえられてしまった。

「何の用ですか?」と開き直る瑠美。

鉄道警察も「何故? 逃げたのだ!」と質問をする。

「追い掛けられたからよ! 私は弁護士事務所の須藤瑠美よ! 怪しい者では無いわ」と言って名刺を差し出した。

鉄道警察が、直ぐに須藤健三郎に問い合わせして身元が確認されたので瑠美は無事解放された。瑠美は健三郎から「結城さんと一緒にそちらに行くよ! もうひとりでの行動は危険だ」と言われ、翌日横浜駅で合流することになった。

瑠美は、小磯は名古屋駅の雑踏の中に身を隠して無事に逃げただろうと、小磯に携帯で連絡すると、無事逃げられていて安心したが、危険なのでそのまま身を隠して欲しいと頼んだ。

三十八話　遺伝の黒子

翌日横浜駅で待ち合わせをする瑠美と、健三郎と俊郎の二人。

九番ホームの最前列の乗り場で瑠美が待っていると、手を上げた初老の二人が近づいてきた。その初老の一人健三郎が「瑠美、ニュース見たか?」と聞いてきた。

ニュースと聞いて「何ですか?」と驚く様に瑠美は聞き返した。

「昨夜遅く、小磯さんが逮捕されたよ!」

「えー―、昨日は逃げたと言っていたのに…」と言葉を詰まらせた。

「ビジネスホテルから通報された様だ」

「早く、本当の犯人を逮捕しなければ、小磯さんが大変だわ!」瑠美が語気を強めて言った。

湘南新宿ライン逗子行き電車がホームに滑り込んでくると、それに三人は乗り込んだ。

瑠美は、昼過ぎに鎌倉に到着するので、選挙事務所には二時前に到着すると計算していた。

演説会が三時からなので、その前に揺さぶりをかければ動揺するだろう、そしてチャンスがあれば、踝の黒子を確認しようと健三郎と瑠美は目論んだ。

何とか上手く行くことを期待して鎌倉の駅に降り立つ三人。

水原真二郎は選挙事務所を自宅の近くに構えていた。

タクシーで選挙事務所に向かった三人を待ち構えていたのは、まさしく仙台駅の構内で瑠美達を狙った連中だった。

「結城さん！　あの人達！」瑠美が驚いた様に口走る。

「仙台駅にいた連中だ！　警察に連絡しましょうか？」と俊郎が言った。

「無駄だろう、見てみなさい」健三郎が指を差す方向には、警察関係の応援の幟と、その関係者らしい人物の姿も見えた。

水原真二郎の応援に警察関係者が関与している事が一目瞭然だった。

「もみ消されてしまいますね！　私達は彼等に顔を知られていますから、ここは先生にお願いするしか無いですね」瑠美が健三郎に頼み込む様に言った。

「仕方無い様だな！　調べて来るか」

健三郎が悠然と選挙事務所に歩いていくと、直ぐに係の人が近づいてきて、声をかけてきた。すかさず健三郎が名刺を取り出して見せるとその男は急に低姿勢になった。

瑠美と俊郎はその様子を遠目から見ていた。

「どうしたのでしょうか？」俊郎が瑠美に尋ねる。

「先生また偽の名刺を使ったのよ！」瑠美が笑う。

「何の名刺ですか？」

「関東弁護士会副会長だったかな、東京に出るとよく使うのよ！　その様な地位は無いのに皆騙されるのよ！」

健三郎が丁寧に事務所に案内される様子を見届けると、時間が近づいたのか後援者が少しずつ事務所近くの公民館に集って来るのが見えた。

そこでは最後の演説会が行われる様で、後援会の人達は下馬評に安心感があるのか？　相対的に笑顔の人が多い。

健三郎を案内した男は「先生！　関東弁護士会の副会長須田様がお見えです」と真二郎に声をかけた。

真二郎は全く面識が無いが、弁護士会の副会長と言う肩書きに躊躇いも無く挨拶を受ける事にした。

「初めまして、須田で御座います！　ご挨拶が遅れまして」と健三郎は真二郎に握手を求めて右手を差し出した。

「初めまして、水原真二郎です！　よろしくお願いします」とそれに応えて手を差し出した真二郎は、「珍しいですね！　私と同じ様な黒子がありますね」と背広の袖から覗いた健三郎の手首の三日月形の黒子を見つけて言った。

「あっ、すみません！　暑がりなので年中半袖なんですよ」と背広の袖を捲りあげた。

「須田先生は腕ですが、私は右足の踝にあるのですよ！　珍しいですね！　初めてです！　何か親近感が湧きますね」と嬉しそうに話す真二郎。

「私の父が同じ場所にあるのですよ」と健三郎が言うと「えー、お父様がですか？　私は母と同じ場所にありますよ！　先生の黒子よりは小さいですがね」と真二郎が言った。それを聞いた健三郎は、真二郎の母麗子は、間違いなく真之介の娘と確信したのだった。健三郎は予め三日月形の黒子を書いて見える様にしていたのが、その言葉を引き出すのに成功したのだ。

まさか麗子だけではなく無く息子の真二郎にも同じ黒子があるとは、意外な展開に思わず笑みが溢れた。

「今から演説会です、そこの公民館で行いますから是非聞いて帰って下さい！　遠方より来て頂きましてありがとうございました」とお辞儀をして、真二郎も嬉しそうに奥に消えた。

公民館に向かう途中、健三郎は携帯で「間違い無い！」と短い文章を瑠美に送った。

成り行きで演説会を聞かなければ、その場を去れない健三郎を残して、瑠美と俊郎の二人は選挙事務所近くのレストランに向かった。

レストランに入ると瑠美は「これで麗子が南俊一の姉に間違い無いわね」と言った。

「先生は中々策士ですね、腕に三日月の黒子を書くとおっしゃった時は驚きました」

「そうね、大きさが判らないから、目立つ様にと大きく書かれたのには驚きましたが、それが良かった様ですね」

「これからどうするのですか？」

「台湾の楊さんからの連絡は小磯さんが逮捕されたから、難しくなったわね！　でも嘉納清美が嘉納麗子に変わったのは間違い無い、その仲介をしたのが里田さんの祖父でしょうか？」

「これで私の家族の事故は偽装事故であって、殺された可能性が大きくなりましたね」

「弟が起こした事故の隠蔽の為に行った裏工作が、里田夫婦に露見したのかも知れないわ」

「それで、殺されたのでしょうね」

「もっと重大な事は貰い子の話だけれど、今更露見しても真之介はとっくに政界を引退しているので、孫の選挙なら関係無いわね？　まだ何かあるのかな？」

「これから警察に行きますか？」

「兎に角小磯さんを救出しなければ本当の真相にたどり着けない」

「あとは楊さんの情報ですね！」

「そうですね、誰が仲介をして麗子を日本に連れて来て、嘉納清美の戸籍に入れたか？　それも今回の事件のひとつのポイントですからね」

「水田朋子を殺したのは？」

「台湾マフィアを使った麗子の可能性が高いわね」

「（貴方達の結城さんに関する秘密は知っています、逃げられません）と書いたワープロの文章が原因ですね！」

「朋子さんは黄夫妻に脅迫状を送ったが、美羽さんはその秘密とは自分と結城さんとの関係を知っている意味と捉えて、夫の博向は自分と南の事故の事だと勘違いをしてしまった。その為黄は麗子に相談に行った。そしてマフィアが動いた」

「でも朋子が失踪してから殺されるまで少し時間がかかりすぎていますが？」

「そこが判らないのよ、普通なら直ぐに殺すわよね！」考え込む瑠美。

三十九話　周到な準備

「もう、南の姉が麗子と確定したから、宮城の根津刑事と藤井刑事に話して、黄を任意で引っ張って貰いましょうか？」と俊郎が言う。

「ちょっと待って、ここに私の推理を書いてみるわ」
①約十年前、南俊一と黄博向は大型トラックに乗って事故を起こした。

相手は結城さんの家族。

自分の過失をもみ消して貰う為に、南俊一は姉の水原麗子に頼み込んだ。

事故の嘘の証言をしたのが黄博向で、相手側の信号無視となった。

事故を捜査していた浅原刑事が、淡路島でひき逃げされ死亡。
②約四年前、南俊一は白血病で亡くなった。
その時の担当看護師が松藤美羽と里田祐子だった。

この時、里田さんは何かを掴んで夫と一緒に殺害された？

美羽と黄は南の入院を境に親密になった。

美羽は結城さんと交際をしていたが、黄に事件の事を告白されて別れた。
③黄は美羽の妊娠中に事務所の水田朋子さんと関係があった。
美羽に子供が生まれると、黄は水田朋子さんとの関係を断った。

未練が残る朋子さんは「貴方達の結城さんに関する秘密は知っています、逃げられません」

と何か意味有り気な脅迫文を送りつけた。

その後朋子は失踪して、数週間後溺死体で発見された。（プールの水による）
④私が捜していた南の姉の正体を知る安西主任看護師と小林看護師が続けて殺された。
⑤私達も仙台駅で襲われそうになった。

⑥嘉納家と陳美麗の子供の関係を調べていた小磯さんが、先輩の鴻池次長殺害の容疑をかけられ逮捕された。
そして今、南の姉と水原麗子は同一人物と判明した。

「この中で判らない事は、朋子さんの失踪と溺死が他の殺人とは手口が異なる事なのよね」

「そうですね、誘拐から殺害まで時間も要していますしね」

「だから私は水田朋子の殺人犯は、他の事件の犯人とは別人ではないかと思うの」

「朋子殺人事件の犯人は黄夫妻ですよね！」

「朋子の失踪時には黄は長島と言う会社の人と飲んでいたし、殺害時には台湾にいたから、黄が朋子さんを殺すことはできないわね」

「美羽さんは殺害時には日本にいましたが、女性一人の力では無理だから、誰か協力者がいたのではないでしょうか？」

「美羽さんが犯行に加わっていない事を願いますが、難しいでしょうか？」

結城の言葉に、今でも美羽を心の何処かで思っていると瑠美は察した。

しばらくして、健三郎が演説会を抜け出してレストランにやって来た。

「叔父様大成功でしたね」喜んで迎える二人。

「瑠美、そろそろ警察に伝えて、一連の事件を解決した方が良いぞ」

「そうですね、私は仙台の刑事に仙台駅の発砲事件の犯人を見つけたと伝えようと思うのですが？」

「首藤刑事の殉職もあるから、それが良いな！　小林看護師と安西看護師の殺人は、この連中だとの証拠が無いからな」

「はい、今から宮城県警に連絡してみます」

瑠美が宮城県警に電話をすると「警護の為にと神奈川県警に頼んだ刑事を、何故巻いたのですか！」と大声で怒られた。

瑠美は謝ると直ぐに、仙台駅の発砲事件の犯人が鎌倉にいることを伝えた。

また、一連の事件の黒幕は水原麗子の可能性が高い事も一緒に伝える。

直ぐに刑事が鎌倉に行くと言って、電話が終わった。

自分達の仲間が殺された可能性が高いので、宮城県警で逮捕したいのだろう？

電話が終わってから約三時間半後、水原真二郎の選挙事務所に宮城県警の刑事八人と、神奈川県警の刑事、警官が大挙で押し寄せた。

「何事ですか！」と事務所の人間が騒ぐ中、瑠美と俊郎の現場での証言により台湾人三人が連行された。その時真二郎と麗子は、選挙の挨拶回りに出掛けていて留守だった。

このようにして仙台駅構内発砲事件の犯人達は、呆気なく宮城県警に連れて行かれた。

出先でこのことを知った麗子と真二郎は、慌てて事務所に戻って来たが、神奈川県警の根津と藤井刑事に、署で事情を聞かせて欲しいと連れられて行った。

だが、真二郎は全く事件の事は知らないので、何故事務所の人間がその様な仙台駅で発砲事件を起こしたのか判らないと言う。

麗子も息子と全く同じ事を言って、ガードマン代わりに雇っていたのですが、その様な事件を起こしたとは知らなかったと、証言した。

翌日まで三人の台湾人は何も自供しなかったが、一夜明けてガードマンの応募があったので行っただけで、我々は水原さん達とは全く関係が無いと話し、また、水原さんには大変迷惑をかけてしまったと詫びた。

マスコミの報道は一夜で変わり、水原家は逆に被害者の様になってしまった。

麗子は、犯人にされたガードマン達も私と同じ事を話したでしょう?　と警察に対して悠然とした態度を示した。

瑠美は「初めから逮捕されたら、この様に喋る事を決めていたのね」と言い、健三郎は

「中々、強かな女だな！　息子は何も知らないのかも知れないな」と言った。

「犯人は、一日黙秘をして麗子の発言を待って自供したのですね」俊郎も用意周到な麗子に呆れた。

「発砲事件だけで、他の事件の犯人としての逮捕では無いから、他の事件を隠す準備もしているわね」

「他の事件の追及もするだろうが、言い訳が準備されているかもな」

　案の定、三人が住んでいるマンションから、仙台駅構内で発砲された銃は見つかったが、首藤刑事を射殺した銃とは違う銃だったので、首藤刑事殺害事件では三人を逮捕出来なかった。

　三人の指紋が何処かの事件に残っていないかを調べる警察。

　ここでも縦割りの警察の捜査が邪魔をして、宮城の事件と神奈川の事件は関連があるが、高山とか山梨の河口湖とか、他府県の事件との関係を追求していない警察だった。

四十話　遺書

麗子は予想した通りの展開となったので、自分の身は安全と確信していた。

激励の電話、ＦＡＸ、メールが大量に届いて、マスコミも完全に被害者扱いをするので、真二郎の当選は決まったと喜ぶ。

「お父様の言われた通りですね」車椅子の真之介に話す麗子。

「警察の裏の裏まで見てきたからな！　だが新聞記者の女には気を付けるのだぞ！」

「はい、心得ています！　捕まった三人には犠牲になって貰おうと新しい人を呼んでいますから」と麗子が言うと「お前も中々だな」と笑う真之介。

麗子も「お父様の娘ですからね！」と微笑む。

「お前を引き取って本当に良かった」そう言うと眠り始める真之介。

それを見届けた麗子は、家政婦に任せて、選挙事務所に向かった。

「真二郎様のトップ当選は間違いございません」選挙本部長が話す。

「私達親子の悲願よ！」と嬉しそうな顔になる麗子。

いよいよ、投票日が翌日に迫っていた。

翌日早朝、車椅子に乗って、真之介が久々に自宅を出て行く。

真之介は大きなワゴン車に車椅子の状態で乗り込み、その横には麗子が付き添い、孫の真二郎も一緒だ。

百歳を超えているが、孫の為に悲願の選挙に向かう。

ガードマン逮捕の話題もあるのでテレビ局が取材に来て、水原一家の様子を伝えた。

当選の暁にはここから中継をするのだろう？　数社のテレビ局が早くも中継の準備をしている。

夜になって開票速報がいち早く水原真二郎の当選確実を付けた。

早速、待ってましたとばかりにテレビ局が中継を始める。

その中の一局が「今夜は孫の真二郎さんの当選を心待ちにしていた祖父の真之介様にインタビューを致します」とカメラが真之介を映し出した。

仙台に戻った瑠美と俊郎は、この中継を見て驚いた。

いきなり真之介が「私の血を継いだ真二郎が当選した事は誠に喜ばしい事です。もういつ死んでも悔いは無い」と語り自分から、麗子が実の子供だと認めたのだ。

自分が大臣になる為に隠した事を公に認めたのだ。

横にいた麗子の瞳から、一筋の涙が流れて、三人は抱き合って当選を喜んでいた。

この真之介の発言を聞いた人で何人の人が、その意味が判ったのだろう？　と瑠美と俊郎は話した。

「このお爺さん、総ての罪を自分が背負い込むのだわ」

「娘も孫も何も知らない事にするのですね」

「多分…」瑠美はそれだけ言うと黙ってしまった。

宮城県警は捕えた三人に水田朋子溺死事件、ビジネスホテルの放火事件を尋問するが、彼らは全く知らないと言い切る。

自分達は仙台駅で、須藤瑠美を連れ去ろうとして、発砲しただけで他の二つは身に覚えが無いと言う。

何故須藤瑠美さんを連れさろうとしたのか？　の質問には黙秘を貫いて一向に事件の本筋が見えない状況が続いた。

数日後水原真二郎は、晴れて衆議院議員となって初めて国会議事堂に足を踏み入れた。

新人議員としてマスコミが大きく取り上げる。

その様子をテレビで見ながら、水原真之介は百五歳の生涯を静かに閉じた。

傍らで実の娘麗子が手を握って見送った。

数日後、麗子は真之介が準備していた遺書を持って、神奈川県警を訪れた。

「この遺書は、岐阜県警と宮城県警にも送って下さい」と言う麗子。

その内容は、警察に対するお詫びと、自分がこれまで行った事が箇条書きの様に書き記されていた。

警察幹部になった真之介が、病弱の妻絹江に子供が出来ない事を知った苦悩。

そして、妻が早く亡くなり後妻を貰う話もあったが、絹江を愛していた真之介はどうしても後妻を貰う事が出来なかった。

数年経過した時、友人である岐阜県警の里田君達の誘いで台湾に遊びに行った。

警察幹部が遊べる場所は、当時海外しか無かった。

警察幹部の買春は大きなスキャンダルになる。

私は台湾の北投温泉で、売春婦に成り立てのまだ若い陳美麗に出会ってしまった。

その後美麗に子供が生まれた事を知り、何度か台湾に行っては娘に会う度に恋しくなった。

だが当時衆議院議員になっていた自分は、娘を養女にする事が出来なかった。

大臣のポストに抜擢される話があったからだ。

だが、年老いて産まれた自分の子供は愛しい、毎回会う度に成長をする姿を見て、我慢が出来なくなり、里田君に頼んで旧家の造り酒屋、嘉納酒造の娘にして、そこから養女として引き取る事にした。

美麗は私が渡したお金で、北投温泉から離れて台中市に住んだ。

その後美麗は両親の薦めで結婚をして、子供が二人生まれた。

数十年後、その二人の子供の一人陳傑森は姉麗子を頼って日本にやって来た。

麗子は自分の肉親を大切に可愛がっていた。陳は日本に来て南俊一と改名した。

そんな時、弟南俊一の運転するトラックが交通事故を起こしてしまった。

狼狽した南は姉麗子に助けを求めて来た。

私に泣きつく麗子の頼みを断れない私は、婿養子慎治に交通事故の偽装工作をする事を指示してしまったのだ。

交通事故の被害者は、結城俊郎氏の家族と義父の四人で即死状態の為、誰も証言者がいない。

そこで、同乗者の黄博向君に頼んで相手が信号無視をしたと証言させた。

事故を担当していた兵庫県警姫路警察署の警官浅原君が、その事故に疑念を抱き始めた。

私が困っていると黄君が自分の知り合いにその道のプロがいると言うので、台湾からその人間を呼び寄せると、浅原刑事を淡路島へ転勤させて、そこでひき逃げ事故を装い殺害させた。

数年後、麗子の弟南が白血病となり余命一年と告げられた。失意の麗子は病院に何度か行った時黄君と再会をしてしまった。

それが、今回の事件を引き起こす元になってしまった。

四十一話　美羽に告げる

信じられない事が起こってしまった。

親友で世話になった里田君の孫夫婦を、何故だか解らないが麗子の弟南は黄が台湾から呼び寄せたマフィアと共謀して殺害をしてしまったのだ。

私は、憤慨して南俊一を許せないと言ったが、麗子は老い先短い弟を許してくれと泣いて頼んだ。

しかし、信じられない偶然が再び私達を襲った。

黄博向君が好きになった日本人が、結城と言う男と付き合っていた女性だった偶然だ。

結城さんは南が交通事故を起こして、偽証殺人をしてしまった相手の家族だった！　この偶然が恐かった。

その数年後、黄が血相を変えて麗子に伝えて来たのは、脅迫状だった。

私達親子は孫の真二郎の国政出馬の事もあるので、知って知らぬ振りを決め込んだ。もう南俊一も他界していて、穏便に過ごして孫の国政出馬の夢を見たかった。

だが、それを許して貰えない方向に事件が進んで行った。

黄に脅迫文を送った水田朋子が殺害され、須藤瑠美という女性が事件の真相を探り始めた。

交通事故の被害者結城さんも一緒に、事件を追い始めたことが、徐々に私達に迫るように感じられた。

私達の秘密が暴露されると、孫の真二郎の国政出馬が危うくなるとの危惧から、台湾マフィアを呼び寄せて緊急時に備えた。

一連の事件から手を引く様に頼む為に、須藤瑠美さんの誘拐を画策したが失敗した。

今、無事に孫の真二郎が国政に従事出来る事になったので、私の総ての罪を告白してお詫びしたい。

警察各位に大変申し訳の無い事をした！　老いぼれの死で総てを許して欲しい！

子供も孫も可愛い！　愛している！

水原真之介
と書かれた遺書は直ぐに宮城県警と岐阜県警にＦＡＸで送られた。

宮城県警では「この遺書には、水田朋子の殺害も首藤刑事殺害も書かれていませんね」根津が文章を読んで言った。

「黄を引っ張りますか？」

「真実を知っているのは、黄以外に誰もいないな！」

「だが黄には水田朋子は殺せません、殺害時は台湾にいました」

「この文章を須藤瑠美さんに見せて、意見を聞いてみるか？」

「民間人に意見を聞くのですか？」

「この中にも、瑠美さんが恐かったと書いてある」


しばらくして、瑠美と俊郎は宮城県警に呼ばれて訪れた。

宮城県警の根津刑事が瑠美に水原真之介の手紙を見せた。

手紙を読んだ瑠美は「闇の大物と呼ばれたお爺さんは、子供と孫の事だけを考えていたのですね」と口走った。

根津が「黄を引っ張ろうと思うのだが…」と言ったところで瑠美の携帯が鳴った。

高山の的場刑事からだった。

「須藤さんの指摘通り、里田夫婦は殺されたのですね」

「でも他の殺人には一切触れてないでしょう？　犯人は別人ですね」

「何かの秘密を隠す為では？」

「里田夫婦殺害の動機は何かの隠蔽？」

「里田夫婦を殺した南はもう死んでいませんよ」

「里田夫婦と親しい人……」と言葉を止まらせて、電話を切る瑠美。

瑠美が急に根津刑事に向かって「黄を引っ張る前に一度私に妻の美羽さんと話をさせて下さい」と言った。

「えー、奥さんの美羽に聞きたい事があるのか？」

「はい、一連の犯人が判るかも知れません」

「そうなのか？　美羽が犯人か？」

「まさか！　被害者かも知れません」

「被害者？」驚く俊郎と刑事達。

翌日瑠美は茂木総合病院の清水看護師に連絡をして、美羽と会う時間を決める。

以前にお願いした国際結婚についての取材と言う事にして、清水と連絡をした瑠美。

里田が何故美羽の黄との結婚を反対したのか？　その反対理由が里田殺害の秘密ではないのかと瑠美は思っている。

瑠美は美羽に真相を聞かなければ、引き下がらない覚悟で病院の勤務開けの時間に合わせて、三時に向かった。

瑠美には或る考えが浮かんでいたので、それを一番確かめたかった。

「すみません、以前の取材で漏れがありまして、申し訳ありません」

「楽しみにしていたのに、一向に記事にならないので、どうなったのかと思っていました」

美羽は笑顔で瑠美に会釈をした。

「今日は国際結婚で一番難しい事をお尋ねします」

「何でしょう?」

「はい、お互いの家族関係とか、友人の事を全く知らずに結婚する訳ですが？　美羽さんの場合お互い結婚後に知った御主人の意外な友人とか、過去の恋愛について何かありませんでしたか?」

「主人もですが、私も結婚までには色々ありましたから、お互いの詮索は行わない事に決めたのです」

「それは、お互いに目を瞑るって事ですか?」

「はい、それで今とても楽しく三人で暮らしていますから！」

「美羽さんの弟さんは、失礼ですが障害者だと思うのですが？　御主人とは仲良くされているのですか？」

美羽は微笑みながら「それが、私よりも仲が良くて本当の兄弟の様だと、両親も喜んでいる程です。私達家族の不安は一掃されて安心しています」

「弟さんは今、選手をされていませんが、スイミングには行かれていますよね！」

「はい、泳ぐ事が剛の楽しみですから、スイミングでは後進の指導と言う名目ですが、一緒に泳ぐだけですね！　主人が暇な時は送り迎えをして、一緒に泳ぐ時もあります！　仲が良いでしょう？　国際結婚は良いです！　大いに宣伝して下さい」

「話は変わりますが、友人に里田祐子さんがいらっしゃったと思うのですが？」

美羽は顔を急に曇らせると「祐子とは付き合いはありませんが！」と答えた。

「そりゃあ無理ですわね！　随分前に亡くなられていますから！　ご存じでしょう？」

「……私が主人と台湾に旅行中、事故で亡くなったのです」

「違いますよ！　殺されたのです」と瑠美が言うと「え――――」美羽が大きな声で驚いた。

四十二話　逃走

「殺した犯人は、貴女もよくご存じの南俊一です」

「そんな事信じられません！　誰も殺人だとは言っていませんし、祐子が殺されたって……」

「先日百歳の老人が遺書を残して、亡くなりました。その中で自分が世話になった人の孫を殺害された事を書いています、それが里田さんなのです」

「貴女は一体誰？　それにこれは取材では無いですよね！」美羽の顔が引きつる。

「はい、取材ではありませんよ！　もう直ぐ警察が御主人に事情を聞きに行くと思いますが、私にはひとつだけ、解けない謎があるので今日ここに来ました」

「………」美羽は青ざめた顔で何も喋らないで聞いている。

「水田朋子さんの殺害の犯人が、全く見当が出来なかったのですが、今日の美羽さんの話で判りました。もう一つ教えて頂きたい事は、祐子さんが何故、貴女と黄さんの結婚に反対されたのですか？」

「………」無言の美羽。

「結城さんの家族を南さんが事故で殺害してしまい、その事故の証言をしたのが御主人ですよね！　それで？　反対をされたのですか？」

美羽は身体を震わせながら「何処までご存じなのですか?」と声を震わせた。

「老人の遺書には総てが書かれていました、事故の偽装と偽証もね」

その言葉に美羽は肩を落として泣き崩れた。

しばらくして美羽が「南さんが事故を起こしてしまって、証言をしたのが主人でした。ところがその事故は偽装だったと後で聞かされました。台湾の旅行中に主人から祐子に事故の偽装を聞かれてしまったと告白されました。それを知った祐子からは何度も主人との交際を止める様に説得されていました」

「その旅行の間に、祐子さんは殺害されたのです」

「それは知りませんでした。事故で亡くなったと信じていましたから」

瑠美はそれだけ話すと、結論を言わずに病院を後にして帰って行った。

清水が「朋子を殺害した人はみつかりましたか?」と質問した。

「判りましたが、罪には問えないでしょう」

「えー、犯人が判っても捕まえられないのですか?」

「はい、相手には殺す気持ちが無かったと思いますから、多分懲らしめる程度の気持ちだったのでしょう」

「どう言う意味ですか?」

「姉の美羽さんを助ける気持ちだけしか無かったでしょうね」

「それじゃあ、美羽さんの弟が犯人ですか?」

「警察が見逃した弟が犯人ですね、完全に黄博向にコントロールされていたのでしょうね」

「そんな!　残酷な事を教えたのですか?」

「でも何処にも証拠はありませんから、判りませんがね」

その日の夕方、宮城県警は捜査員を黄博向の任意での取り調べを行う為に塩釜運輸に派遣した。

だが、黄博向は配達に出ていたが、戻る時間になっても会社には戻って来なかった。

美羽からの連絡を受けて、逃走をしてしまったのだ。

「根津刑事これは大失態ですよ、須藤瑠美さんが話したので、逃走されたのですよ」

「確かに俺の失敗かも知れない、でも須藤さんは彼の行き先を知っているかも知れないだろう?」

「そうでしょうか?」

根津刑事は直ぐさま瑠美に連絡をすると「水原麗子さんを頼って行く可能性が高いですね!

美羽さんは警察から呼び出されるとしか話してないと思いますから」

「判りました!　高速道路か、新幹線を張り込みします」

根津の連絡で、一斉に高速道路の検問と新幹線の改札での監視が始まった。

黄の配達中の車が、仙台駅近くに乗り捨てて在るのが発見されて、新幹線で移動した事が確認された。

夕方になっても黄の足取りは全く掴めず、警察は神奈川県警に応援を依頼して、黄が麗子に連絡をするか？　直接会いに行くかもしれないのを見張ってもらった。

勿論、麗子にはこのことを警察からは告げていないので、麗子自身も身構える事は無い。麗子は真之介の葬儀の準備で、地元に戻る支度を始めていたところだった。

真之介の遺書により、遺骨は淡路島の先祖代々の墓に埋葬される事になっていた。

その様な状況を知る筈も無い黄は、日本で唯一信頼出来る麗子を頼って、鎌倉を目指して逃走していた。

宮城県警も神奈川県警も、事情を知る黄博向を任意で取り調べを行いたい。

真之介の遺書が事実なのかの確認が取れる者は黄しかいない。

警察が美羽を監視しているので、美羽は連絡する事も出来ない状態である。

瑠美は、夕方遅く宮城県警に行って自分の推理を話す事にした。

水田朋子殺害の容疑者が美羽の弟の、知的障害者の剛だという推理である。

黄博向が上手に言いくるめて自分の行くスイミングで溺死させたと捜査課長に話した。

「では、どうやって遺体を海に運んだのだ？」

「おそらく台湾マフィアと思います」

「今、逮捕している三人か？」

「黄は、台湾でネズミ講をしていたから色々裏組織の人間と交流があったと思いますからその三人ではないかもしれません」

　話を聞いた捜査課長は「台湾でも相当危険な事をしていた連中との付き合いがあったのだな」と言った
「日本に逃げてきた様ですね、南俊一を頼って来た様ですが、私が調べた限り小銭を持って日本に来た筈ですが、しばらくして使ってしまった様ですね」

「ネズミ講で儲けたお金を持って日本に来たが、しばらくして使ってしまった？」

「そうです、美羽さんが結婚式の費用を大部分負担した様ですから」

「逃げなければならない程だから、当初は相当な額のお金は持っていただろうな？」

「しかし、日本で何かに大金が必要になった？」

「そうですね、台湾からマフィアを呼ぶ費用に使ったのは間違い無いですが、費用は水原さんが出した様に思いますね」

「それでは、何に使ったのだ？」

「それが判らないのです、日本で何か大きな買い物をしたとしか考えられないのですが、家を買った訳でも無く、形跡が無いのです」

「その辺に今回の真実が隠されている様な気がするな」

課長は、早急に黄の身柄の確保に期待した。

四十三話　身柄確保

捜査員は、黄からの連絡が無いか美羽の自宅、実家にも張り込んで注意深く監視していた。

勿論美羽の携帯、自宅の電話にも目を光らせる。

黄は新幹線に乗って東京駅に着くと、雑踏の中にいち早く消えて、水原麗子に連絡をするが、麗子は葬儀の準備と淡路島への移動の為に忙しくて携帯に出ない。

今、黄と関わると父が残した遺書の効果が消えてしまう可能性があるので、黄からの電話と判ったが麗子は黄に連絡はしなかった。

窮地に追い込まれる黄だが、鎌倉に足は向く。

宮城県警は瑠美の推理に基づいて、緑スイミングに事情聴取に向かった。

加西社長が応対して、松藤剛の性格とか日頃の事を尋ねる。

加西社長は、剛は本当に良い子で水泳以外は全く出来ないが、水泳は馬鹿が付く程上手で熱心だと答えた。

その為、障害者の部門で世界大会まで行ける能力を持っていたと説明した。

水田朋子の写真を見せられた加西は「この女性は、確かに剛と楽しく水泳を楽しんでいました」と答えた。

ここのプールの水で溺死していたと伝えると、そんな事は考えられないと否定した。

それ程、剛と朋子は仲良く泳いでいたと話した。

テレビにこの女性は何度も出たと思うのですが？　と尋ねると、加西社長は大会で日本を離れていたとのことで、完全に盲点になっていた様だ。

「剛は夜、プールの掃除の前に彼女と泳いでいたので、一般の人は知らなかったと思いますよ、剛は掃除が得意で丁寧にしてくれるので助かっています」と話して、剛が朋子を殺害する事は考えられないと話した。

須藤瑠美の推理は間違えていたのかと思ったが、次の加西の言葉で考えが変わった。

「剛君は家族想いで、特に姉の美羽さんには特別な想いがある様で、姉に危害を加える人には牙を剥き出しにして、襲いかかる時がある様ですね」

加西社長の話を聞いて、もし黄が剛君に何かを吹き込めば？　の疑問が湧いた。

黄と朋子には関係があったので、姉想いの剛君に何かを吹き込めば急に変わる可能性は否定出来ないと刑事達は加西社長の話を聞いて、瑠美の推理が正しい可能性も否定出来ないと思った。

一方小磯は依然逮捕された状態で自供を迫られていたが、宮城県警への瑠美の協力と説得で、ようやく山梨県警に小磯は填められたのでは無いか？　との情報がもたらされて、取り調べが休止状態になっていた。


淡路島に帰った水原親子は島民の熱烈な歓迎を受けた。

島の英雄水原真之介の葬儀は、大々的に地元の寺で行われる事になり、準備が行われていた。

葬儀とは別に、真二郎と麗子は地元有力者のお悔やみの応対に忙しくしていた。

その人混みの中に、瑠美と俊郎の姿もあった。

麗子を追って黄博向が淡路まで来る予感が、二人はしていたのだ。

人混みの中で目を光らせる二人、一部刑事の姿も垣間見られるが、少人数で地元警察が警備の為に送り込んだ警官の数が圧倒的に多い。

地元出身の警察官僚のトップで、大臣まで登り詰め、孫の真二郎が晴れて衆議院議員になったので、歓迎度合いも相当なものだ。


「黄がここに現れますかね？」俊郎が尋ねる。

「必ず来ると思うわ、それに私の勘では台湾マフィアはもうここには来てないと思うわ」

瑠美と俊郎は話しながら、夕方の通夜の準備をする人と悔やみの客に目を光らせる。

だが上手くその人混みに紛れて、黄がお寺に侵入を図った。

帽子を深く被り、葬儀社のジャンパーを何処で盗んだのか？　着ている。

そのジャンパーを着ている為、地元警察も見落としてしまい、黄は寺の奥まで侵入した。

「タスケテホシイ！」いきなり中国語が聞えて、驚いて振り向く麗子。

「コウ？」襖の奥に声をかける麗子。

「ワタシガスベテノツミヲカブラサレタ！　オジイサンナクナッテ、オネイサンダケ！」

「コンナバショニキタラアブナイ！　オカネアゲマス！　ニゲナサイ」

バックから、葬儀に必要かと持って来た現金の袋を襖の間に入れる麗子。

「ドコニニゲレバヨイ」

「キュウシュウノハカタニ、シリアイガ、ジュウショカキマス」

紙に住所を書いて同じ様に隙間に入れる。

「ツイタラレンラクスル、アリガトウ」

寺の奥から出て来る黄と丁度入って来た瑠美達が鉢合わせた。

「あっ！　黄だ――」と叫ぶ瑠美。

黄は瑠美を押しのけて逃げるが、俊郎に背中を捕まれる。

「警察の人！　来て――」大きな瑠美の声に、人が集って来る。

地元の警官もやって来て、黄を一斉に取り押さえると、観念したのか大人しくなった。

中から麗子が出て来て、その様子に舌打ちをしていた。

「この人は黄博向と言う人で、宮城県警が重要参考人として捜している人です」瑠美が地元の警官に伝える。

二人に付いてきていた高木他二名の刑事達が名乗り出て、黄を伴って連れて行った。

地元の洲本警察署で一連の取り調べを行う事にする三人の刑事。

瑠美と俊郎は彼らに同行して洲本警察に向かった。

「須藤さんの気転で黄を確保出来ました。ありがとうございました」と高木刑事が礼を言った。

「首藤刑事殺害の犯人が判ると良いですね」

「はい、彼の無念を晴らしてやりたいのです」

高木刑事は、南洋子の調査中に殉職した首藤刑事を思い出して涙ぐむ。

取り調べで、黄が所持していたメモとお金を見つけた高木刑事が「これは何だ？　誰に貰った？」と質問した。

「………」

「この博多の金沢貴美子って？　誰だ！」

「………」一時間以上何も答えない黄。

そこに地元の刑事がやってきて高木刑事に「お金は水原麗子から強奪したそうです、知り合いの住所を適当に書いたそうです」と小さな声で耳打ちした。

「この金は水原さんから、強奪したらしいな！」高木刑事の言葉に驚く黄。

四十四話　隠された真実

通夜が終わるのを待って、水原麗子に事情を聴こうと待ち構えていた刑事達が質問をした。

井上刑事が強奪された経緯を尋ねると、葬儀の場で騒がれると父にも息子にも良くないのでお金を渡したと語った。

そして、この様な場所に事件の重要人物が現れる事自体、大きな迷惑だと切り捨てた。

博多の金沢貴美子は誰だの質問に、単なる自分の知り合いだと説明した。

既に警察は金沢貴美子を調査して、夫は台湾人温中清で国籍も日本になり金沢中清だと判明していた。

黄は弟の友達で父真之介も世話になったので、断り切れなかったと説明をした麗子。

確かに黄は指名手配の人物では無いので、警察に通報する義務も無い。

取り調べでは無言を貫く黄、麗子の話からは何も掴めない高木刑事は焦っていた。

警察の控え室の様な場所で待つ瑠美と俊郎の処に、高木刑事がやって来て「何も喋りません、困りました！　物的証拠は何もありません、老人の遺書も確実だと言う証拠もありませんからね」とため息交じりに言う。

「逮捕は出来ないのですか？」

「宮城に連れて帰って自供に追い込むには、逮捕してからになるが、令状が無いので任意なのだよ」

高木刑事が水原麗子はこれ以上黄には関わらないだろう？　と考えているところに、根津刑事が電話で「弟の剛君に尋ねると、お姉さんを悲しませる人は僕が成敗してやる！　それしか言わない。水田朋子の写真を見せると水泳の上手なお姉さん！　でも嫌いだ！　としか言わない」と剛に対する事情聴取の結果を報告してきた。

そこに瑠美が「高木刑事さん、私に黄と話しさせて貰えませんか?」と急に言い始めた。

「えー、須藤さんが?」

「金沢貴美子さんを使って揺さぶりましょう」

高木刑事は結局瑠美の申し出を受ける事にして、黄に面会させる事にした。

黄は新聞記者の瑠美に警戒心を持ちながら「警察は記者を使うのか?　誰に何を言われても何も知らないから、喋れないぞ!」

「いいわよ!　でも明日の新聞に大きく載せるわよ!　あなたの家族は名前を書かなくても誰か直ぐに判るわ!　美羽さんは娘さんと一緒に自殺するかも知れないわよ!　それでも良いの?」

その言葉に動揺する黄。

「水原麗子さんが貴方をこれ以上助けると思うの?」

「南さんは亡くなったけれど約束は守ってくれる筈だ」と言い始めた黄。

「約束?」不思議そうに尋ねる瑠美。

黄の脳裏に十数年前の交通事故が蘇る。

第二神明道路の大久保サービスエリアで、遅い夕食をしていた二人。

「本当に欠陥道路だな！　大阪からここまで何時間かかった？」南が疲れた様に言う。

「兄貴も疲れたでしょう？　あの渋滞では運転するのも嫌になりますよね」

「お前は横に乗っているだけだから楽だけれど、まだ広島まで行かなければならないから嫌になる」

「兄貴、俺が運転しましょうか？」

「お前が？　大型の免許無いだろう？」

「兄貴の運転を見ていて、俺も免許取得しようと考えていたのですよ！　もう道も空いていますし俺に運転させて下さい。四トンなら運転した事がありますから、十一トンも同じですよ」

「博向！　大型免許取るのか？　それなら少しの間なら運転してみるか？　俺も疲れたから、これから加古川、姫路バイパスだから、大丈夫だろう？」

食事を済ませた二人は運転席と助手席を変わった。

大久保のサービスエリアをゆっくりと出て行く大型トラック。

広島に早い時間に到着して、ゆっくりホテルで眠ってから品物を届ける予定が渋滞に巻き込まれて、夕食も深夜になってしまった。

しばらくして「中々上手だな！」褒める南。

「でしょう！　素質あるでしょう？」

「中々外国人には大型の免許取得は難しいのだぞ！」

「兄貴は直ぐに取れたって聞きましたよ」

「それは、姉貴のお陰だよ！　そうだよ！　ここ兵庫県警の幹部の奥さんだからな、少し頼み込んだのだよ」

「えー、そんな事が出来るのですか？」

「親父は昔大臣までした大物だから、融通が出来たのだ」

その様な話をしながら、車を走らせる黄だったが緊張状態の為に、高砂を過ぎた辺りからトイレに行きたくなって来た。

南は疲れと満腹感から、睡魔に襲われ始めると目を閉じ始める。

しばらく走るともう我慢が出来なくなって来た黄は、休憩のマークを見て急に側道に降りるハンドルを切った。

勢いよく側道に入った時、車の揺れに気が付いて目覚める南が「シンゴウ！」と叫んだ時、大型トラックの側面に乗用車が激突した。

反対方向に飛んで行った乗用車は、コンクリートの側壁に激突して大破した。

「どう、しよう！」狼狽える黄に「早く運転席を変われ！　無免許の信号無視で死亡事故なら、死刑になるかも知れない」と車を降りて、相手の車を見に行く。

近くの人や、後続の運転手やらが集まって来て「凄い事故ですね！」「救急車呼びました？」と尋ねる。

「信号無視で突っ込んで来たので避けられなかった」黄が近くの人に口走ってしまった。

それは、自分が信号無視して避けられなかったと言ったつもりだったが、周りの人は乗用車が信号無視だと勘違いをしてしまったのだ。

南は直ぐさま麗子に電話をして、自分の車に信号無視の車が突っ込んで来た。

だが、証人は同乗者の黄博向だけだと説明をした。

直ぐさま、警察が訪れて事故の処理を始める。

救急車で運ばれた四人は全員即死で、車は全くのノーブレーキ状態。

証人がいない事を幸いに、水原の家族は麗子の弟を助けてしまう。

だが、近くの信号の状況から、信号無視はトラックだと判明したが、それを逆で押し通してしまったのだ。

麗子は自分の弟が刑務所に入るのを阻止する為に、必死だった。

四十五話　告白

翌日「お前が運転していた事は絶対誰にも喋るな！　お前は死刑で俺も重大な罪になる」

「判った、絶対に喋らない」

「だが、お前の事故をもみ消す為に沢山のお金を使ってしまった。お前が台湾で儲けたお金を出してくれないか？　姉に御礼をしなくては駄目だからな、それと弁護士の費用も必要だ」

「幾ら出せば良いのだ！」

「二千万程有れば大丈夫だ」南は以前から、黄がその金額程度持っている事は知り合いから聞いていた。

出し渋る黄に「仕方が無いな、刑務所に行くよ！　お前は多分死刑になるだろう」と脅かした。

黄は台湾でネズミ講をして儲けたお金を全て、南に渡してしまった。

南はこの事故の後大型トラックを降りて、倉庫の仕事で働き始めた。

だが長続きはしなくて、再び運送の仕事を探し始めた。

お金の無い黄は、南に付いて行くしか術が無くなった。

南もその事は充分判っていたので、黄をつれて一緒に別の運送屋で働き始めた。

そんな折、南は白血病を患い、品川総合病院に入院になってしまった。

結局黄から巻き上げたお金は生活費と、治療費に流れてしまったのだ。

「何をぼんやりとしているのですか？　身体障害者の義理の弟を使って朋子さんを殺害したでしょう？　義理の弟を甘く見たわね、今刑事さんに喋ったそうだわ！　それに台湾のマフィアを使って里田夫婦も殺害したでしょう？」瑠美の話に驚く黄。

「違う！　私は美羽と台湾に旅行中だった」

「このままだと全ての罪は貴方になるわね！　美羽さんも娘さんも悲しむわね」

「違う、事故から違うんだ！」と急に叫ぶ様に言う黄。

「事故？　事故から違うって？　どう言う事」今度は瑠美が驚いて尋ねる。

「…………」

「黙っていたら、貴方だけが全ての罪を背負ってしまうわよ、正直に話しなさいよ」

「…………」

「水原麗子さんは息子さんを守る為なら、貴方を犠牲にすると思いますよ！」

その言葉に、黄は「妻の美羽と娘の美貴は何も知らないから、世間から助かる様にしてくれるなら、全てを話しても良い。但し警察では喋らない！　マスコミに話す」

「どうして？」

「水原が今も恐いからだ！　警察に喋るともみ消されるからだ！」

「判った、私だけが聞きましょう、それを警察に言えば良いのね！」

「それと、ここでは一切喋らない！　水原の地元だから危険だ」

そう言う黄を三人の刑事が、淡路島から連れ出す事にした。

瑠美には、黄が言った「違う、事故から違うんだ！」が耳に残っていた。

あの水原老人が残した遺書の全てが違う事は無いが、自分達に有利な事が書かれている可能性はあると思っている瑠美。

翌朝、神戸空港から仙台空港に向かって飛行機は飛び立っていった。

夜遅く空港の近くのビジネスホテルに宿泊した黄と刑事達。高木刑事は黄と同室で眠った。

黄は夜遅くまで美羽宛に手紙を書いていたと高木が、翌朝瑠美に話した。

文字は全て中国語の為、高木は見せられても判らなかったと笑った。

仙台に着いたら瑠美に全てを話すと約束をしたので、多分美羽に対する別れの言葉が綴られていると憶測していた。

十時過ぎにホテルに到着した瑠美は、応接室の様な場所に案内されて黄と中に入った。

ボイスレコーダーをセットする瑠美に黄は「警察に負けない記事を頼みます」と言い「この手紙を美羽に渡して欲しい」と差し出した。

「判ったわ、必ず渡します」

「このインタビューが終わったら、僕は自首しますから、その事も警察に伝えて下さい」

「判ったわ」

するといきなり「結城さん一緒でしたね！　呼んで貰えませんか？」と言い始める。

瑠美が内線で根津刑事に、俊郎を呼ぶ様に伝えた。

何故？　今結城さんを呼ぶのか訳が判らない瑠美。

しばらくして、警察官が部屋の入口を囲む中を、俊郎が入って来た。

すると黄が床に正座をして、土下座を始めた。

驚いた顔になった二人に「結城さん、申し訳無い！　許して下さい」と床に頭を擦りつけて言い始めた。

急に十数年前の事故の話を始めた黄に、顔が引きつる俊郎。

瑠美も余りの話に言葉を失って唖然として聞くのみだ。

俊郎は顔面を紅潮させ立っているのもやっとの状況になっていた。

しばらくして俊郎が「もういいです、座って続きを聞かせて下さい」と気の抜けた様に言った。

「僕が品川総合病院で、松藤美羽さんに出会ってしまったのが不幸の始まりでした」

「南さんの白血病ですね」

「はい、小島祐子さんと松藤美羽さんが担当で、親切にして頂いて南も私も嬉しかった。私は何度も美羽に会う内に恋をしてしまいました。ある日小島さんから美羽には付き合っている人がいる事を聞かされました。そこで相手の名前と住所を調べると事故を起こした場所の近くでしかも名前が同じだったので、驚きました。そして、そのことを南と話している時、小島さんに聞かれてしまったのです。事故の事を聞かれてしまった以上始末をしなければ、全てが表に出て水原の家にも魅惑がかかると南さんが言い始めて、小島さんと美羽は友人だから、日本にいない時に始末すると言われて、美羽を連れて台湾に行きました」

「台湾マフィアは、黄さんの知り合いですか？」

「ネズミ講の時知り合ったのですが、それも恐くなって日本に逃げた原因の一端です」

「南に言われて、台湾マフィアを紹介したのですね」

「そうです、連絡先を教えましたが、自分は直接殆ど接触していません」

「事故の偽装工作が露見するのを恐れて、里田夫妻を南と台湾マフィアが共謀して排気ガスで殺害したのですね」

「君が事故で殺してしまった四人の家族だと確認出来たのは、河津桜の時か?」と俊郎が聞いた。

「そうです、世の中には似た名前が沢山あるので、間違いであって欲しいと願っていましたが、同じ人でした」

「美羽さんから、もっと早い時期に聞こうとしなかったのか?」

「聞くのが恐かった、その様な偶然が無い事を祈っていた」

瑠美は、黄は全てを話す覚悟だと確信した。

四十六話　結末

「でも全てを忘れて仙台に引っ越し、美羽の両親にようやく結婚の許しを得て結婚できたが、美羽が身ごもった時、偶然水田朋子の誘いにのってしまった」

「貴方が朋子さんに興味を持って誘ったのでしょう?　美羽さんの妊娠で?」

「違います、会社の忘年会で飲み過ぎた水田さんを、偶然介抱したのが長島と私でした」

「惚れられたって言うの?」

「そうです、元々女性に対して台湾の男性は親切なのです。それを誤解された様で、誘われて一度ホテルに行きました」

「えー、一度だけ?」驚く瑠美。

「はい、それから付きまとわれて困っていました。でもある日(貴方達の結城さんに関する秘密は知っています、逃げられません)と書いた文章が自宅に投函されて、犯人は誰だろう?と思っていた時に、結城さんと彼女が話している姿を目撃しました。少し前に美羽の病院に結城さんが診察に来られたのを聞いていましたが、偶然だろうと思っていたのに、彼女と知り合いだと判り仰天しました」

「それで、水原麗子に連絡をしたのね」

「はい、恐くなって相談しました」

「でも、彼女の失踪の日貴方は長島さんと飲みに……」

「彼女は私の義理の弟と面識があったので、弟のスイミングに行く様にメモを渡しました。彼女も水泳が好きだったので、掃除の時間まで残っていました。剛君は毎日の様に終りの掃除をしていましたから、私が長島君と別れて迎えに行った時も二人で待っていました」

「彼女が溺死するまで随分時間がありますが?」

「彼女が何を知っているか聞き出す為に、水原麗子が準備してくれたアパートに住まわせ、時間がある時に確かめ様としました。世話は剛君がしてくれるので助かりました」

「それが何故？　殺害になったの？　それと美羽さんは事故の本当の事を知っているの？」

「美羽は事故の本当の真相は知りません、南さんが事故を起こして私が偽証をしたと信じています」

「でしょうね、貴方が事故の当事者だったら、結婚はしていないでしょうね！　自分が付き合っていた結城さんの家族を殺した人とは、耐えられないでしょう」と目頭を押さえた。

再び頭を下げて、俊郎に謝る黄。

「お二人が、次々と過去の事を捜していくのが分かった水原麗子と真之介は恐くなりました。孫の真二郎が国会議員出馬の前に、スキャンダルが起こる事を恐れたのです。何日待っても何も判らない朋子を殺害する事を決意した麗子は、マフィアを使って始末を考えていた様ですが、私は反対しました」

「それで、剛君に朋子は美羽さんの敵で、黄さんに恋をしていると吹き込んだ」

「その通りです、麗子が剛君に教えてしまいました」

「剛君は姉美羽を溺愛と言うか慕っているから、朋子をプールで殺せと命じられて実行した！」

「多分そうだと思います、自分はアリバイ造りの為台湾に逃げる様に指示されました」

「私の推理の通りだったわ、その後麗子は自分達の秘密が私たちに明かされるのを阻止する為に、次々とマフィアを使って殺したのね」

「真二郎の当選が家族の悲願でしたから、目的の為には手段は選ばなかったのです」

瑠美は事件を纏め始めた。
①里田夫婦を殺害したのは、南俊一と台湾マフィア。
②水田朋子を溺死させたのは松藤剛だが、麗子が吹き込んでマフィアが死体を海に運んだ。
③勿論結城俊郎さんのホテル放火も、麗子に命じられたマフィアの犯行。
④事故に疑問を持った浅原刑事も、台湾マフィアがひき逃げして殺した。
⑤小林看護師も麗子の顔を知っているので、台湾マフィアが強盗殺人で殺した。
⑥同じく安西主任看護師も同様の理由で、高山で殺害された。
⑦私を襲ったのも同じ理由。
⑧小磯さんが台湾の事を調査するのに、頼んでいたのが鴻池次長で、小磯さんに罪を被せて鴻池次長を殺害。
⑨南洋子さんを尋ねて行く時、マフィアが鉢合わせた首藤刑事を射殺した。
⑩仕上げは真二郎が当選して、真之介が遺書を書いて亡くなる。
纏めた紙を黄に見せて瑠美が尋ねた。

「水原麗子は貴方の事故の真相を知っていたの？」

「知りません、事故の真相を知っているのは南俊一さんだけです」

そう言うと項垂れて、再び俊郎に深々と頭を下げると刑事を呼んでくれる様に言った。

瑠美は自分が書いた用紙を撮影して、原本を根津刑事に渡して「黄さんは自首すると言っています」と告げた。


昼から瑠美と俊郎は茂木総合病院を訪ねた。

美羽に事件の全てを話す為だった。

覚悟を決めていたのか、美羽は二人に会う事に抵抗はしなかった。

「ここには書いていませんが、結城さんの家族を信号無視で殺したのは、御主人です」

「…………」その言葉に一瞬驚いた表情になったが、泣き崩れて「結城さん！　すみませんでした！…」と言葉を残して、立ち去ってしまった。

「衝撃だったのね」瑠美が俊郎に言うと「私も話を聞いても信じられませんでした」と言った。

黄の手紙は美羽と娘美貴の将来をお願いする文面で綴られ、偶然の怖さに怯える言葉で終わっていた。

救いは黄が本当に美羽を愛していた事実と弟に対するお詫びの気持ちがあることだった。

淡路島で真之介の葬儀が終わるのを待って、宮城県警の根津を初めとする刑事達が水原麗子逮捕に向かった。

麗子も黄が逮捕された時点で覚悟を決めていたのか、夜の十一時だったが、待ち構えていた。

「もう、全てが終わったわ、黄が自供したのでしょう？」

「はい、全て自供して自首しました」根津が答える。

「私と父が行った事で息子には一切関係ありません」

「それは判っています、逮捕している台湾マフィア三人も事件の大筋を認めました」

しばらくして、準備を終わると「そうですか、行きます」と警察車両に乗り込む麗子。

横に乗った根津が「大きな間違いをしましたね！」と麗子に告げる。

「お父さんは、私を愛してくれました」

「違いますよ、事故を起こしたのは弟さんでは無かったのですよ」

「どう言う事なの？」

「事故を起こしたのは、黄さんでした。黄は無免許だったので、南が運転していたことにしたのですよ。運転させた責任と事故の責任を逃れる為にね」

「え――――そんな事……」無言になってしまった麗子。

「無駄な殺人をしてしまったのです」

その後二人は神戸の警察署まで無言のままだった。

翌朝麗子は目覚める事は無かった。
隠し持っていた青酸性の毒物を飲んで、自殺をしてしまったのだ。
遺書には、自分と父真之介の楽しかった思い出と事件の全貌が書かれていた。
息子真二郎は何も知らないと、何度も何度も綴られていた。

俊郎は、自分が過去を懐かしんで旅に行った事が、この様な事件を引き起こしたのか？ と言ったが、瑠美が家族の霊が真実を突き止めさせたのかも知れませんと慰めた。

完

二〇一七年六月十九日

杉山　実（すぎやま みのる）

兵庫県在住。

この物語はフィクションであり、実在の人物・団体とは一切関係ありません。

偶然の誘い

2018年10月7日　発行

著　者　杉山　実

発行所　ブックウェイ
〒670-0933　姫路市平野町62
TEL.079（222）5372　FAX.079（244）1482
https://bookway.jp

印刷所　小野高速印刷株式会社

ISBN978-4-86584-357-6